「美味いから、中途半端に食べられないんだろう。この間はガッついて食ったからな、今度はゆっくり味わいたい」
そう言ってまた彼は俺にキスをした。今度は抱き寄せられ、はっきりと舌に残る甘味が俺にわかるような深いキスを。（P156より）

ケダモノのティータイム

火崎　勇

illustration:
依田沙江美

prism
bunko

CONTENTS

ケダモノのティータイム

総合商社『プラチノ』で、開発部企画課の和田《わだ》と言えば社内でも有名な人だった。

背が高くてハンサムで、人当たりもよくて部下の面倒もよく見てくれる。

しかも企画のエリートとして名を馳せ、彼が立てた企画は全て大当たりだった。

有機野菜の宅配とか、アジアンスイーツのアンテナショップとか、パーツ別にオーダーできる家具とか。今では当たり前になってるようなことも、誰も考えないうちに立案し、成功させていた。

全然部署の違う総務の俺でさえ、彼の噂は聞いているくらいだ。

いつも社員食堂で見かけては憧れのため息をついていた。

あんな人もいるんだ。

まるでドラマの主人公みたいに何をやっても完璧な人。社内の女の子達の人気だってナンバーワンだろう。なのに、少しも驕ったところもなくて、みんなに優しくて。

もしも、彼が自分の存在に気づいてくれたら、どんなに嬉しいだろう。

メンズ雑誌のモデルにしてもいいくらいカッコイイ彼と、同じ課の女性達に弟扱いを受ける自分では、隣に立つことすら釣り合いがとれないのに、いつか親しく話ができるようになれたらいいなあと思っていた。

実際はすれ違っても挨拶もされないほど遠い存在なのに、もしも彼が自分に話しかけてくれたら…という夢を見ていた。

営業みたいに人前に出ることが少ないから、大抵は好き放題にしてるちょっと長めの髪。ハッキリとした性格の表れた男らしい顔立ち。食堂で彼の声が遠く聞こえる度姿を探し、見つけると喜びで胸を高鳴らせる。

知り合う機会もないし、話しかけられても共通の話題すらない。声をかけて自分から知り合いになる勇気も出せない。

それでも、目で追うことが止められない。

俺はもうずっと、そんなふうに和田さんが『好き』だった。

どうしてだか、企画の人達は時々和田さんに対して一歩引くようなところがあったけれど、それだって俺はずっとそれだけ彼が偉大な人だからだろうと思っていた。

「あ、悪いんだけど、後で企画の方にコピー用紙と打ち出し用のロール二束ずつ持ってきてくれる？　いつもみたいに入口で誰かに渡しといてくれればいいから」

その日、企画課の人にそう言われ、受け取りと紙の束を持って企画室へ行くまでは…。

言われたのが自分だったし、手が空いてる人間が他にはいないみたいだった。第一、それだけの紙の重さは女の子には無理だろう。

心の中でそんな言い訳をしながら立ち上がった自分。本当は、もしかして和田さんが引き取りに出てくるんじゃないかと期待してたクセに。

総務がある三階からエレベーターに乗って企画のある六階へ。

無機質な長い廊下の途中には扉とチェックポイントがあって、社員証をリーダーに通さなくてはならない。

いつもは、大抵そこまでしか行けなくて、インターフォンのボタンを押し、誰かしら企画の人に出てきてもらって、運んできたものを受け渡すだけだった。重要書類を扱う場所だから、中へ入れるのは誰か企画室の人が一緒に来いと言ってくれた時だけ。

だが、その日は違っていた。

俺が社員証をリーダーに通し、インターフォンのボタンを押そうとすると、中から一人の女子社員が飛び出してきたのだ。

「あ、あの…」

「何?」

少し目の辺りが赤くなっている年上の女性は、睨むように俺を見た。

「総務ですけど、紙を届けに…」

「リーダー通した?」

「はい」

「じゃ奥へ入って置いてっていいわよ」

「でも、俺なんかが…」

だがその女性はそれだけ言うと、まるで逃げるかのように廊下を走って姿を消してしまった。

何か、急ぎの用事でもあったんだろうか？　こんなことは初めてだ。

にしても、これはチャンスだった。

もしかしたら和田さんの働いてる姿が見られるかもしれないではないか。そしてわざわざ届けにきてくれたのかと、礼を言ってもらえるかも。

そんな想像に胸を膨らませ、俺はおそるおそる禁断の扉を越えた。

「…失礼します」

しんとした廊下。

左右に並ぶ扉の左側、一番手前が企画室で、その奥が資料室。右側は大小の会議室であることくらいは知っていた。

以前にも一度物を届けにきたことはあったけれど、あの時はもっと騒がしかったような気がしたのだが、今日はどうしたんだろう。

俺は光が漏れてくる開けっ放しの企画室のドアに近づき、ドキドキしながら中を覗き、声をかけた。

「失礼します、総務の藤代《ふじしろ》です」

整然と並んだパソコンを載せたデスク。煌々とした蛍光灯の明かり。

誰もいない…。

いや、違う。

一人だけ残ってる。

その人は俺の声に気が付き、座っていたデスクから顔を上げた。

精悍な顔立ち、少しだけ乱れた前髪、和田さんだ。

だがラッキー、と思ったのは一瞬だった。

「部外者が何してる！」

ビリビリっと空気が震えるような怒声に、全身が硬直する。

彼はおもむろに立ち上がると、逃げる間もなくツカツカと俺に歩み寄ってきた。

「誰だ、お前は」

「あ…、あの、総務の者です。言われた紙を届けに」

「紙？」

伸びてきた手に、いきなり摑まれる襟元。苦しいほどの力だ。

勝手に入ってきたと思われたのだろうか。

だとしたら誤解だ。

「はい、さっき頼まれて…。あの、今も女性の方に、中に入って置いてこいって言われたものですから…」

俺は慌てて事情を説明した。

「女？　チッ、白井《しらい》のヤツか。人が寝てないと思って逃げやがったな」

でも手は緩まない。怖いほどピリピリしたままだ。

どうしてだろう、俺、自分でも気が付かないうちに何か悪いことでもしてしまったんだろうか…？

「寝て…ないんですか？」

「あァ？」

焦って言ったその一言が気に障ってしまったのか、彼は襟元の手に更に力を入れ、俺を吊るし上げた。カツアゲする不良みたいに。

…この人、本当に和田さん？

だって、俺の知ってる和田さんは、いつも穏やかに笑って、軽いジョークなんか飛ばしてる人なのに。

でもかつてないほど近くにあるその顔は、確かに自分が憧れ続けていた人のものだ。

やっぱり怒ってる?

何に?

俺が侵入者だと思ってるのかな? 言い訳を信じてもらえなかったのかな?

「ね…、寝てない時ってイライラしますよね。そうだ、俺チョコ持ってるんですけど食べますか?」

あまりの勢いに押されて、とっさに出た言葉。何を言ったらいいのかわからなくて、我ながら間の抜けたことを言ったとすぐに後悔した。

だが意外にもそれは正解だったようだ。

「…出せ」

襟が放され、手が差し出される。

「は…、はい」

ウチの課は女性ばかりで、昼休みにはいつも菓子のオマケが振る舞われていた。今日もチョコが配られたのだけれど、俺はそれを食べずにポケットに入れたままにしていた。

抱えていた紙の束をデスクに置き、ポケットを探り、そのチョコを取り出す。

「はい、どうぞ」

小さな物じゃなかった。パピとかナピとかっていうブランド物らしくて、女の子の手のひらよりちょっと小さいくらいのチョコサンドウエハースだ。食後に貰った時、自分はもうお腹がいっぱいで入らないなぁと思って食べられなかったものだ。

なのに彼は袋を破るとポイッとそのままそれを口の中へほうり込み、あっと言う間にバリバリと嚙み砕いてしまった。

まるで餌を貰った猛獣みたい、って言ったら失礼だろうか。

でも気分は猛獣の檻の中に踏み込んでしまった飼育員だった。餌を与えている間は自分に牙を剝かないだろうが、餌が足りなくなったらこっちが餌にされるんじゃないかという感じだ。

「これだけか」

だって和田さん、目が据わってるし。

「ち…、ちょっと待ってて下さればロッカーに他のお菓子がありますから、すぐ持ってこれます」

俺を正面から睨んだままなんだもの。

「…一分で戻ってこい」

「一分は無理です」

「何?」

「さ…、三分? …いえ、できるだけすぐに戻ってきますから、ちょっとだけ待ってて下さい」

「よし、行け」

「はい」

踵を返し、俺は走った。

入社以来初めて、会社の廊下をダッシュした。

混乱してよくわかんないけど、とにかくあの人が菓子を欲しがってるのだ。直接和田さんから命令を受けたのだ。

それがどんなにつまらないことでも、たとえ理不尽な怒りを向けられたままでも、彼が俺に用を言い付けるなんて、これから先あるかどうかもわからない。

だとしたらここでちゃんとそれに応えておけば、後で何か声をかけてもらえるかもしれない。

そんないじましい下心で、エレベーターを使う余裕もなく駆け上がる階段。

ロッカーを開けて、明日のお茶当番用に取っておいたチョコレートを取り出して、再び戻る企画室。

チェックのところで社員証をリーダーに通すのももどかしく中へ入ると、彼はさっきと同じドアの所に立っていて、俺が差し出した箱をその場で乱暴に開けた。

そのまま親指より大きなトリュフチョコを、ポップコーンか何かのようにポイポイッと口の中へほうり込む。

「お腹空いてたんですか?」

ジロッと上から睨んでくる視線。

「あ、いえ、疲れてたのかなあ、と…」

身長差があるから余計迫力がある。

「お前、名前は」

彼はチョコを食べながら、やっとさっきよりも落ち着いた声で俺に名前を尋ねた。

「総務の藤代です」

「俺が誰だかわかってんのか」

「はい。あの…、和田さんですよね?」

どうしてだか、彼はそれを聞いてチッと舌打ちをした。

「ま、間違えてましたか?」

そんなことはないとわかってるけれど、一応言ってみた。だって、俺がこの人を間違えるわけがない。たとえ態度がいつもと全然違っていたとしても。

「違わねえよ…」

低い声。

俺が社員食堂で耳を澄ませて、いつも探していた声だ。

「お前、この菓子取りに行った時、誰かにこのこと話したか?」

「話す…? いいえ、誰とも何にも会話なんて…。取りに戻るので精一杯でしたから」

「そうか…。じゃあ絶対にこのことを誰にも言うなよ」

「このことって…」

その時、彼はいきなりもう空っぽになったチョコの箱を手で潰し、俺のポケットの中へねじ込んだ。

何を、と思う間もなく大勢の足音がして企画の人達が雪崩のように戻ってくる。

「和田さんっ! 今、白井に聞いたんですけど、総務の子が来たでしょう!」

「嚙み付いちゃダメですよ!」

「また灰皿投げてないでしょうね」

まるで彼が『こんな人』であることを知ってるかのように、入ってきた五、六人の男達が彼の周囲を囲む。

「イジメたりしなかったでしょうね？」

「外部の人間には当たっちゃダメだって言ったでしょう」

けれどその態度はどこかおどおどと脅えるようだった。

「イジメるか、ばか。そこに突っ立ってるだろ」

和田さんの声に、振り向いた一同の視線が俺に集中する。

なんでだろう…。

「君…、総務の子？」

ひょっとして、さっきの凄みのある態度はこの人の仕事中の顔？

「あ、はい。総務の藤代です。紙持ってきました…」

それを黙ってろってことなのかな。

でもそうだとするとみんなそれを知ってるみたいなのに。

「この人に何か言われた？」

「いいえ、あの…」

「あれ…？　何かここすごいチョコの匂いしない？」

「あ、俺が…」

和田さんの目が光ってまた俺を睨み直す。

ひょっとして…。

「ポ…ポケットに空箱持ってるせいじゃないかと思います。さっき空腹だったんでちょっと食べてたから…」

このこと？

「それで、君、和田さんに何か言われたりしなかった？」

何となくわかった。

きっとここはこう答えるべきなんだろう。

「いいえ、何にも」

すると一同はまるで手品かサーカスの観客のように『おお』と驚きの声を上げた。

「何も？」

「怒られたりしなかった？」

「灰皿投げ付けられたりしなかった？」

「キーボードは？」

「い…、いいえ」

ひょっとして和田さん、普段そういうことしてるんですか？　考えられないけど…。

「こらこら、みんな。変なこと言うんじゃない。そいつが困ってるだろう」

さっきの『出せ』と違う和田さんの穏やかな声。

企画の人々がそれに振り向き、また驚きの声を上げる。

「戻ってる…」

「仮眠も取らせてないのに戻ってる…」

「うるさいな、とにかくそいつを送ってくから、ちょっと退け」

「はい」

みんなが驚きを隠さないまま、ぽかんと彼を見ていた。

何がどうだかわからないけれど、今彼がこの状態でいることが、企画室の人達にはとても不思議らしい。

「来い、藤代」

「はい」

名前を呼ばれた。

和田さんに、俺の名前を呼んでもらえた。

「お前達はそのまま仕事を続けてろ、すぐ戻るから」

その上、背中に手を回された。スーツ越しに軽く押され、彼の手のひらを感じる。

俺にとってはこっちの方が不思議で驚きだった。声をかけられることは期待したけれど、こんなふうに触れてもらえるなんて、想像すらしなかった。

まるで雲の上を歩くように、ふわふわと進める足。

「あの…、出口に向かってないんですけど」

「ちょっと話があるから、こっちへおいで」

『おいで』だって。さっきは『来い』とか『行け』だったのに。

いきなり俺の胸倉を摑んだのは、やっぱり何か理由があったんだろう。怖いほど驚かされたけど、今ここにいるのはいつも通りの穏やかで優しい『和田さん』だ。

そのまま俺は会議室へ連れて行かれ、彼が引いてくれた椅子に腰を下ろした。

彼も俺の隣に座り、胸元から取り出したタバコに火を点ける。

相手が好きな人だから、二人きりになると妙に緊張してしまう。

彼からさっきまでの緊迫感というか、ささくれ立った空気が消えているのに。

何か言った方がいいのかな。

「驚かせて悪かったな」

だが沈黙が重いと思う間もなく、彼の方が口を開いた。

もう怒りは感じない声だ。

「はい…、少し驚きました」

「三日ばっかあんまりよく寝てなかったんでイライラしてたんだ」

「それで皆さんが『仮眠も取らせてないのに』って言ってらしたんですね？」

「いや、少しは寝てたんだが…。まあそれはいい。それより、さっきは上手くごまかしてくれてありがとう」

「さっきのことって、チョコを貪り食ったことですか？」

あ、言い方悪かったかな。

頭を抱えるようにしてそっぽを向かれてしまった。

「ああ…、まさにそのことだ」

「甘い物が切れたからイライラしてたんですね？」

「いや」

「でもお好きなんでしょう？」

「…好きじゃない」

「え？」

でもあっと言う間に一箱全部食べちゃったじゃないですか。

チラッとこちらへ戻した彼の視線が俺の疑問の目とカチ合う。

「おかしいか？　…いや、おかしいよな」

「いえ、そんなおかしいなんて。ほら、疲れてる時は誰でも甘い物が欲しくなるって言いますし。脳のエネルギーって糖分なんですって。だから和田さんみたいに頭を使う人には当然のことなのかも」

「お前はいいヤツだな。だがどう見たって普段辛党で、勧められる菓子もほとんど口にしないこの俺が、甘い物をガツガツ食いまくる姿はおかしいさ」

ちょっとふて腐れたような口調。

俺は別にそうは思わないけれど、彼に一目置いてるような人達はやっぱりそう思うんだろうか。

「…どうも俺は徹夜が続くとキレやすくなってな。多少反省はしてるんだが、どうにもならなくて、毎回周囲に迷惑をかけてるんだ。前に一度、その最中に甘い物を食べたら落ち着いたんだが…」

「だったらいつも側に甘い物を置いておけばいいんじゃ…。あ、わかった。今日は甘い物が切れてて、さっき女の人が出てってたのはそれを買いに行くためだったんですね」

だが、和田さんは首を横に振った。

「白井は俺が怒鳴ったから逃げ出したんだと思うよ。彼女はこの春、支社から転属されてきたばかりだから驚いたんだろう」

「じゃ、さっき戻った人達が…？」

それにも彼は首を振った。

「甘い物を食ったら落ち着くなんて、誰にも言ってない。連中はそんなこと考えもしてないだろう」

「どうしてですか？　だって、イライラして迷惑かけるって思って、甘い物を食べれば落ち着くってわかってるんなら…」

「さっきも言った通り、おかしいからだ。前に一度食べたことがあると言っただろう。その時に『どうしたんです』ってみんなに引かれてな。何とか腹が減ってたでごまかしたんだが」

「じゃ、自分のデスクの中に入れて隠しておくとか」

「食べてるところを見られるのも嫌なんだ、持ってるのだって見られたくない」

そんなものなんだろうか。

俺のところは姉がいて、仕事場も女性が多いからいつも菓子なんか周囲にいっぱいあるし、自分も菓子が好きだからそんなこと考えたこともなかった。

でも、未だに子供っぽいと言われる俺と、男らしさの鑑みたいな和田さんとじゃ、周囲の反応が違うのかも。

「じゃ、自分の場所じゃないところに隠しておくとか?」

「どこに? 会議室にしろ資料室しろ、他の連中も使う場所だ。そんなところに置いておいたら、さっさと見つけた者が食っちまう。自分が欲しい時になってないことに気づいて、『俺の菓子は?』なんてわめく自分を考えるとゾッとするよ」

その、たった一度引かれた時というのが、この人にとって相当なトラウマになってしまったのだろう。彼はあくまでも『他人に知られたくない』ということを強調した。

もしかしたら、彼自身が『男が菓子を食うなんて』って考え方の人なのかも。今時は決して珍しいことではないのに。

「藤代だったら、見た目も可愛いからこんなこと気にしないんだろうな」

と皮肉めいた言葉で笑われたが、俺はそれにちょっと顔を熱くした。我ながらバカだけど、この人に『可愛い』なんて言葉を貰うとは思ってなかったから。

「はあ、総務は女性が多いんで、お茶代を毎月徴収してお菓子当番がいるくらいですし…」

そこまで言いかけて、俺はハッと気づいた。ひょっとして、これはチャンスなんじゃないだろうか。

絶対に知り合えないって思ってた和田さんと、こうして二人きりで話をして、彼の『誰にも知られたくない秘密を』共有するなんて、最高のことじゃないか。

「まあいい。さっきの菓子の代金を払おうと思ってたんだ。それと口止め料もな」

「そんなもの、要りません」

「お前が貰ってくれれば俺が安心できる。だから俺のために貰っておいてくれ」

そう言うと、彼は財布から一万円札を取り出し、目の前に置いた。

「こんなに貰えませんよ」

「いいんだ。これで菓子のことと、凶暴な俺のことは忘れてくれ」

手が伸びて、優しく俺の頭を撫でる。

ほら、今ここで勇気を出さないと、こんなふうに触ってもらえることなんか二度とないんだぞ、と俺は自分を鼓舞した。

「あの…、じゃあもし今度甘い物が足りなくてキレる時があったら、俺のこと呼ぶって言うのはどうでしょう?」

「ん?」

「言ったでしょう?　俺、甘い物が好きだって。だから大体いつもロッカーにお菓子を入れてあるんです。もしまた甘い物が欲しくなったら『総務の藤代を呼べ』って言って下さい。そしたらこっそりお菓子持って行きますから」

「だが…」

「俺はロッカーに菓子を持ってるの見られても平気です。もちろん、このことを誰かに言う気は絶対にありません。俺が持ってきた菓子を、『話をする』ってことにしてこの部屋で食べれば、誰にも気づかれずに済むと思うんですが、どうでしょう?」

餌付け、と言えばいいんだろうか。

俺は悪いことを考えていた。

『菓子を運ぶ』ということで、この人と関係を持ちたいと願ったのだ。

「このお金でお菓子を買って、和田さん用に持ってきます」

「そんなこと…、頼んでいいのか?」

「はい。和田さんのお役に立つなら、って言うほど、大したことでもないですけど」

「いや、俺にとってはありがたい申し出だ」

彼はちょっと戸惑ったような顔を見せたが、すぐに俺の頭をもう一度撫でた。

「わかった。藤代に頼もう。よかったらそうしてくれ」

「はい」

嬉しい。

側に寄ることすら夢のようだった人と、これで糸が繋がった。

「じゃ、ひとまず行くか。だがくれぐれも、この話は二人だけの秘密だからな」

「はい」

もちろんですとも。絶対に他のヤツになんか言いません。そんなことしたら、誰か別の人がこの仕事を欲しがるかもしれないじゃないですか。

俺があなたと一緒にいられる大切な時間を横取りされるようなこと、するわけがないです。

会議室を出て、企画の部屋へ戻る彼の背中を見送りながら、俺は飛び上がりそうな喜びを隠すので必死だった。

ほんの、三十分足らずの時間だったと思う。その間に、俺は彼の一番の秘密を知って、今まで見たこともない『和田さん』を知って、名前を覚えてもらって…。

しかもこれからはあの人に『呼び付けて』もらえるかもしれないのだ。

「先輩達に美味しいお菓子の店、教えてもらわなくちゃ…」

やっと繋がった細い糸を、ナイロンザイルみたいに太くするために、俺は頑張ろうと思った。

これで和田さんと親しくなれるなら、何でもしようと思った。

たった一度のチャンスだから。これを逃したら、また社員食堂で偶然彼を見かけられる日をただ待つだけの日々に戻ってしまうのだから。

俺は自分が彼の『餌係』になれるように、次に呼ばれる時を、じっと待つことにした。

ところが、『その日』は早速翌週やってきた。

内線でかかってきた電話は企画からで、いきなり『藤下くん、すぐに来て』と呼ばれたのだ。

名前が違ってると正すこともせず、ポケットに菓子を忍ばせて企画室へ向かう。

呼び出したのは和田さんではなく、（だから名前を間違えたのだろう）この間戻ってきた人達の中の一人、前田《まえだ》さんだった。

彼は入室チェックのある扉の前で待っていて、俺の姿を見るなり縋るように頭を下げた。

「君、この前あの人と話してただろ？　何か、君と話してると和むから呼べって言うんだよ。よかったら、ちょっと和田さんの相手してきてくれないかな」

前田さんは俺に、『和田さんがキレてる』とは言わなかった。きっとまだバレていないと思っているのだろう。

そして彼の言葉から、やっぱり和田さんが機嫌が直った理由を誰にも言わなかったこともわかった。

「それじゃ、会議室へ連れてってもいいですか？　二人きりで話したいので」

「いい、いい。連れ出せるならあの人を部屋から連れ出してくれるだけでありがたい」

企画室へ入ると、入口には散らばった吸い殻を片付けてる女性がいた。

あの時駆けつけた人達が『灰皿投げたり』って言ったのは、現実にそういうことがあったからなのか。

「和田さん」

俺が呼ぶと、彼が叱り付けていた部下からこちらへと視線を移す。

「覚えてますか？　総務の藤代です」

その目は当然だけど、全然和んでなんかいなかったし、睨み付けるような鋭い眼光だった。

「何の用だ」

というキツイ声に、他の人達が『やっぱりダメか』という顔をする。

その中を彼に近づき、俺は和田さんの耳元で囁いてみた。

「約束通り菓子を持ってきました。今日はマカロンですけど、お茶しませんか？」

自分が猛獣使いになった気分。

今まで怒り心頭って顔で周囲にイライラのオーラを放っていた人が、俺の一言で黙ったままスッと立ち上がったのだ。

「今言ったこと、ちゃんとやっとけよ。それと、上に納期の確認の電話忘れんな！」

その言葉でまたみんなが緊張するけれど、その目は『すごいよ、立ち上がったよ』という驚きを浮かべている。

申し訳ないけど、凄くいい気分だ。

彼は俺の肩を抱く、というよりしっかり捕まえて、そのまま部屋を出た。

もちろん行き先は会議室で、中に入るとすぐに俺がカギをかけてしまう。

「はい、これ」

餌付けの第一歩。

ドキドキしながら、ポケットの中の色とりどりのマカロンを取り出して彼の前に並べる。

大きな彼の手はすぐにそれに伸び、文句も怒声もなく、薄いセロハンをはがして口の中へほうり込んだ。

スーツの似合う、体格のよいハンサムな男が、一心不乱にパステルカラーの菓子を貪るのは、確かに微妙な姿だった。

なるほど、この姿はあまり見られたくないだろうし、見た人もちょっと考えちゃうかも。

「卵白とアーモンドと砂糖だけしか使ってない高級品らしいですよ」

と言ってはみるが、彼の耳に入っていないのはわかった。

とにかく『糖分』なのだ。

やがて持ってきたマカロンを全て平らげると、やっと和田さんの目が俺を見た。

「…本当に買い置きしてたのか」

ああ、ほら。もう猛獣が『和田さん』に戻っている。

「はい、約束しましたから」

瞳に浮かぶ困惑したような、すまなさそうな表情が何だか可愛い。

「このことは…」

「もちろん、誰にも言ってません。だって言う必要のないことですから」

俺だけの大切な秘密です。

「あの、コーヒー飲みますか？　俺、貰ってきますよ？」

「いや、コーヒーは飽きるほど飲んだ」

テーブルの上に散らばったセロハンの残骸をポケットに突っ込んでると、彼の手が自分を捕らえた。

「何してる、ポケットの中が菓子のクズだらけになるぞ」

大きい手。

「え、でもこんなの残ってたら証拠になっちゃうから…」

俺の手首なんか簡単に一回りしてしまう。

「う…、それもそうだな」

ただそれだけのことで胸がドキドキしてしまう。

「和田さん、俺の名前覚えてますか？」

「ん？　藤代だろ？」

「よかった。さっき前田さんに『藤下』って呼ばれたから、間違って覚えられたのかと思ってました」

「ああ、前田か。あいつどうも人の顔と名前の覚えが悪くてな。後でちゃんと言っておくよ」

「いえ、和田さんが間違えなければ別にいいんです」

他の人なんかどうでもいいんです、という微かなアピール。

「俺は間違えんさ。特にお前は子供みたいな顔してるからな、ウチの連中とは違うし」

全然通じてないみたいだけど。

「子供ですか？」

「新卒だろ？」

「…いえ、もう二年目です」

「大してかわらんさ。さて、それじゃもうひと踏ん張りやってくるか。悪かったな」

…え？

「もう行かれるんですか？」

少しは話ができるかと思ったのに、和田さんは立ち上がってしまった。

「そりゃ、仕事中だからな」

…それもそうか。

「気を付けて戻れよ」

「あ、はい」

せっかくかけたカギを開け、一度も振り向くことなく彼が出て行ってしまう。

この前みたいに椅子に腰を下ろすことさえしなかった。頭を撫でてくれもしなかった。

内線で電話を貰って、和田さんが俺の一言で席を立った時、俺は心の中で期待をしていた。

俺が和田さんの特別な人間になって、彼の知られたくない秘密を握ってる人間として、特別に優しくしてもらえるんじゃないかと。

でも取り残された会議室の静かな空気の中、それが大きな間違いだったことに気づいて気持ちが萎《しぼ》む。

誰でもよかったのだ。

ただ、今まで誰も激高している和田さんに菓子を差し出すなんてことをする人がいなかっただけのこと。だから、その秘密を共有する相手がいなかっただけのこと。

今だって、欲しい時に菓子を持ってきた人間だからついてきただけなのだ。これがさっきの前田さんでも、あの人は黙ってついてきたに違いない。

考えればすぐにわかることなのに、俺は浮かれていた。浮かれ過ぎていた。

社内でも特別扱いで、誰もが名前を知っていて、およそ自分なんかが名前を覚えてもらえることなどないだろうと思っていた人に、顔と名前を覚えてもらって、彼の秘密を知って、自分だけが彼にとっての特別になった気がしていた。

でも今本人が言ったじゃないか。自分は顔と名前を間違えたりしないって。あれは『藤代だから忘れない』じゃなくて、あの人が優秀だから、一度会ったことのある人は忘れないって程度の意味なのだ。

秘密だって、偶然俺にバレただけのことなのだ。

「藤代くん?」

一人椅子に座ってその当たり前の現実と向き合ってると、さっきの前田さんが窺うように顔を覗かせた。

いけない。

ここは企画の会議室なんだから、俺みたいな総務のペーペーがポカンとしていい場所じゃないんだっけ。

「あ、すいません。今出ます」

「ああ、いや、いいよ。それより、和田さんに何か言われた？」

「いいえ？」

「何か話した？」

「…コーヒーは飽きるほど飲んだって」

「ああ、うん。そうだろうね」

前田さんは俺の返事に納得しかねる顔をしていた。それはそうだろう。俺が連れ出すまでは、荒れ狂う猛獣だった人が、帰ってきた時は上機嫌とは言えないまでも普通に戻っているのだから。

彼が来たのは、きっとその理由を確かめるために違いない。

でもそのワケは教えない。

「あと俺が子供だって言ってました。企画の人間と違う顔だって。俺、そんなに子供っぽいですか？」

「え？　ああ、まあ確かに目が大きいよね」

俺は特別じゃないけど、この秘密を握っている限りは特別扱いされるのだ。

小賢しい自分。

「ひょっとして、和田さんって、弟さんとかいらっしゃるんですか？」

でももう手放したくない。

「え？　あ、どうかな。聞いたことないけど。そうだな、君は何となく弟っぽいね」

「用がなければ、そろそろ俺も戻ります」

「いや、ちょっと待って」

前田さんが、引き留めるために俺の腕を摑んだ。

ほら、こんなことでもわかってしまう。

この人だって、部署としては花形の企画室の一員で、自分なんかよりずっとエリートで、容姿も俺なんかよりずっとカッコイイ。なのにさっきあの人に手首を摑まれた時のような、ふわふわした感じは生まれない。

「実は…、君に話しておきたいことがあるんだ」

あの人がいいんだ。

「何でしょう?」

和田さんに特別に思われたいんだ。

「他の部署の人間には絶対の秘密なんだけど、あの人、実は徹夜続きになるとその…、少し乱暴になってね。ところがどうしたことか、君に会うとそのイライラが治まるみたいで…。どうだろう、よかったらこれからも時々君を呼び出してもいいかな?」

願ってもない申し出だった。

「でも俺は総務の仕事が…」

自分から言い出したいほどの願いだった。

「総務にはこっちから上手く言っておくから。ほんのちょっとでいいんだ。どうだろう?」

でも俺は静かに笑うだけだった。

「仕事としてちゃんと話を通しておいていただけるなら、俺はいいですよ。和田さんは憧れの人ですし、呼ばれて嬉しいくらいです」

「そうか、それはよかった。何、毎日来いってワケじゃないし、時々あの人のご機嫌取ってもらえればいいだけだから」

「はい」

だって、知ってる。

これは和田さんの望みじゃない。前田さんの望みだ。彼が俺を欲してるわけじゃない。ただ彼を手なずける猛獣使いなら誰でもいいことだ。

猛獣使い？　いいや、単なる餌係だ。

それでもいいから、俺はあの人の視界に入っていたかった。

最初の期待が大き過ぎたから、ちょっとショックが大きかったけれど、よく考えればこれが当然のこと。

いや、これでもいい方じゃないか。

彼は俺を覚えた。

俺を呼ぶ必要があると認識してくれた。

だったら、俺はそれを続ければいい。

「じゃあ、また何かあったら呼んで下さい」

俺は前田さんに頭を下げながら、気持ちを切り替えた。

そうだ。

餌係なら、餌係として、彼を餌付ければいい。

俺はあの人に教えればいい。誰があなたのために必要なものを運んでいるのかを。

手が届かないと思っていたものに手が届き始めて、俺は欲を出していた。

叶わないのはわかっていても、夢を追いたいと思い始めていた。

だって…。

俺は本当に、彼のことをとても『好き』だから。


本当のことを言うと、俺が和田さんと直接言葉を交わしたのはあの時が初めてじゃなかった。

もっと以前、入社したての頃に一度間近で顔を見ていたのだ。

なのにどうして、あの『俺は間違えない』と言い切った人がそれをすっかり忘れているかというと、それが大した出会いじゃなかったからだ。

あの頃、俺は総務に配属されたばかりで、周囲の女性達と何とか仲良くやっていこうと努力していた。

せめてもう少し男性陣の多い部署へ配属されたかったと考えなかったと言えば嘘になるが、それでも自分に何ができると自信を持って言える特技もなく、下に弟がいるせいで誰かの世話をやくのは好きだったし、上に姉が二人もいるせいで、女性を苦手としない自分には、ここが一番ピッタリなのかも、と思っていた。

どこの会社でもワリとそうらしいのだが、総務というのは人の足りない部署へ人を出したり、備品の管理をしたり、会議のお茶や弁当の手配をしたり、悪く言うと雑用係みたいなもので、出世コースからは外れていると見られがちだった。

女性が多く、男性は俺以外はもう結構な年の人ばかり。

その中へ入ったたった一人の若い男ということで、少しは歓迎されるかなと思っていたのだが、逆だった。

「男はいいわよねぇ、一生ここじゃないでしょうし」

キャリアを目指す女性達の一部からそんな声を貰ってしまったのだ。

つまり、彼女達は、自分達は女というだけでせっかく大きな会社に入ったのに一生雑用係、でもあなたは男だからいつか出世コースに戻れるだろう。それまでの繋ぎでしかないだろう、という目で俺を見ていたのだ。

もちろん、そうでない人もいた。

けれど外見が子供っぽいせいか、同期の女性からも『くん』付けで呼ばれて年下扱いされる俺は、会社への鬱憤を晴らしたいと思っていた彼女達にとって絶好の餌食だったのだ。

「無視してなさいよ」

と、気にかけてくれる先輩は言ってくれるけど、同じ職場でギスギスした空気があっていいことはない。

何とか上手く行かないかとは思っていたけれど、こっちからそれを言い出すのはまた煽るだけだともわかっていた。

どうすればいいのだろう。

俺は別に他の部署に行きたいと思っているわけでもないし、ここを腰掛けだなんて思ってもいないのに。

誰かに相談しようにも、総務には近い年の男性社員がいなくて、俺は毎日悩みながら食堂の片隅で一人昼食をとっていた。

そんな時だ、和田さんが隣に座ったのは。

時間は正に昼食時で、辺りはごった返していた。俺は人込みを避けるように一番奥の窓際に座っていたのだが、そこへ二人連れの男性がやってきた。

もちろん、俺の隣だからじゃない。空いていた席に偶然腰を下ろしてきただけ。

しかも彼はその時、同じ企画らしい人と仕事の話をしながら座ったので、俺の方なんか見もしなかった。

「だから、どうしてダメだって言われてるんだかハッキリ言えよ」

「言ってるじゃないですか。ウチの味はダメだって言われたって」

「どうして『ウチの味はダメ』なんだ？　自分の店の味は売るほどのもんじゃないなのか、ウチの味は他所《よそ》へは出せないなのか、他所では作れるわけがないなのか」

通る声ではあるけれど、響き渡るほどではない大きさ。

「どちらかと言うと最後のですね」

それでも、隣にいる俺には丸聞こえだった。どこの人なのだろう。食事中にも仕事の話をしてるなんて。

「じゃあ可能性はあるじゃないか」

「どうしてです」

「同じ味作って持って行けばいい」

「和田さん…、簡単に言わないで下さいよ」

「簡単？　俺達がこの企画出すために、都内の何件のレストラン食い歩いたと思ってる。都内だけじゃないぞ、美味いと聞けばどこへだって出掛けたんだ」

「それはわかってます…」

「わかってないだろう。それだって『美味い店探してこい』って簡単な一言で始まったものだ。言葉にするとみんなそんなふうになるんだ」

和田さん、て言うのか。

俺は彼の強い語り口に、聞いてはいけないと思いつつ耳を傾けた。

どうせ社員食堂なんて公共の場でしてる話だ、聞いていけないということもないだろうと思って。

「開発の連中があそこと同じ味を作るのは確かに大変だろう。だが、それができれば、向こうさんだって納得してくれるはずだ。何度でも、作って持って行け」

「どうやって？　向こうはレシピだって教えてくれないのに」

「お前達が食いに行けよ。食って、自分の舌で分析してこい。プロだろ？」

「そうですけど…。簡単にできないからあそこの店が繁盛してるんですよ」

「簡単にできないからこそ、頑張ったって認めてもらえるんだ。口でどんなに『あなたのお店が美味しいから』『みんなにこの味を広めたいから』『利益のためだけじゃないんです』って言ったって、聞くわけがない。言葉ってのは便利なもので、心の中ではそう思ってないかもしれないことでもスラスラ出てくるって、もうみんなわかってる。真摯に頭を下げれば聞いてもらえるなんて思うな。本当に相手にわかってもらおうと思ったら、まず態度で示すんだ。その態度があってこそ、言葉が本当だと信じてもらえるんだ」

そのセリフに、俺は食事の手を止めた。

何だか…、自分の悩みの答えを聞いたような気がして。

「文句や希望を言うだけなら誰だってできる。誰もができないようなことを示して見せて言葉に重みを付けるんだ。何にも教えてないのに、ＯＫの返事すらしていないのに、こいつ等は真面目にウチの味を再現しようと努力している。それなら…、って気にさせるんだ」

「そう簡単に行きますか？」

「簡単には行かないだろう。だがこの企画を出したのは俺だ。絶対に成功させる。そのためにはお前達の努力が必要なんだ」

「和田さんは口が上手いからなぁ」

「ほらみろ、俺はこんなに真面目に語ってるのに、お前は『口が上手い』で済ませるじゃないか」

彼は笑った。相手もそれに釣られて困っていた顔に笑みを浮かべる。

「お前達に『できる』と思ってなきゃ俺だって言わないよ。無駄だからな。でも、『できる』と思えばどんなに無茶な要求だって出すさ。細田達の舌は凄い、そして再現力もある。時間はかかるだろうが、絶対にあそこの親父の首を縦に振らせることはできる。企画と開発はいつも一心同体だ。信じてるよ」

「…相手が和田さんでなきゃ、何お世辞並べてるんだって思うところですよ。わかりました。一応試作を幾つか作って、それを持って営業と一緒にもう一度行ってみます」

「ああ、そうしろ」

相手の人はそのますぐに席を立った。

残った和田さんはちゃんと彼が食堂から出て行くまで見送って、それから冷めかけた自分の食事に口を付け始めた。

「…あの」

あの頃は、まだ和田さんがそんなに凄い人だと思ってなかったから、何かに縋り付くようにかけた声。

「こ…、行動で示せばちゃんと相手にわかってもらえますか？」

彼にしてみれば、そんなところに人がいることすらわかっていたかどうか。しかも相手はどう見ても新人で、顔も見たこともないようなヤツからの変な質問。

なのに彼は俺の顔を見て笑ってくれた。

「わかってもらえるまでやるんだよ。本当にわかって欲しいと思ってるならな」

「今やってる仕事が好きだってわかってもらいたいんですけど、それにはどうしたら…」

「今の仕事を誰よりも早く、誰よりも熱心にやることだな。人が嫌がる仕事もする、新しいことにも手を付ける。無理はしない。そして見返りは求めるな。『これだけやったんだから褒めて下さい』って思うな。自分が『好き』でやることなら」

「はい…」

「雑音はな、真面目にやってたってついてくるものだ。それに耳を傾けて負けたらおしまいだ。頑張れよ、新人」

「あ、はい」

パンッと背中を叩いて、もう一度彼は笑った。

詳しい事情も聞かれなかった。名前も、部署も聞かれなかった。でも、真剣に聞いて、真剣に答えてくれたのだけはわかった。

そのまますぐに別の人が迎えに現れ、彼は一気に食事を掻き込むと、もう視線も合わせることなく出て行ってしまった。

だが、俺の心にはその時の笑顔と名前は深く刻まれた。

『企画』の『和田さん』。

あの人の言う通りにしてみよう。

ダメならダメでもいい。自分はこの仕事が好きだと思ってやってるんだってことを、せめて態度で示してみよう。

その日から、俺はお茶汲みやコピー取りや、女性がやって当然と思われる仕事も率先してやるようにした。

姉さんに電話で聞いて、およそ新人の女性社員がやらなきゃならないと思われてるようなことは全部やった。

朝来てみんなのデスクを拭いたり、ゴミ箱をまとめて捨てたり、メール配送の区分けをしたり。話題に乗れるようにと女性雑誌にも目を通すようにした。

棚一つ整理するのも使いやすいように工夫し、他の部署に呼び出されてもまごつかないように互いに申し送りをしやすくするためにノートを作り…。

わかってくれる、と思ってやるんじゃなくて、好きだからまずやる。その後にわかってもらえるってオマケが付くんだと思って仕事をした。

最初はご機嫌取りと言われもしたけれど、暫くすると彼女達の方から『どうしてそんなに真面目にやるの？』と声をかけられた。

「俺、こういうこと好きなんです。上に姉がいるものですから」

やっと口に出して言えるその気持ち。

彼女達はそれを厭味ととらなかった。

「何だ、そうなの」

と笑ってくれた。

「藤代クンって、弟気質なのね」

「でもそれくらい私達がやるからいいわよ」

「その代わり力仕事してよ」

かけられる言葉が増えて、お茶にも呼ばれて、食事にも誘われて。

俺がここにいるのは『仕方なく』いるんでも、『いつか出て行くまでの間』いるのでもないとわかってもらえるようになった。

となると、気になるのは『あの人』のことだった。

社員食堂で会った、あのカッコイイ人。

彼が何者なのかその頃には薄々知っていた。何せ、ここには情報通のお姉様が沢山いるのだから。

彼は自分が思っていたよりもずっと凄い人で、社長賞なんかも貰ったことのあるエリート。まだ若いのに企画でチーフをやってるとか、忙しすぎるせいで未だ独身だとか、学生時代は水泳で国体に出たことがあるとか、色々教えてもらった。

彼が素晴らしい人だとわかればわかるほど、そんな素敵な人が、少なくともあの時だけは自分のためにちゃんと答えてくれたのだというのが嬉しくなる。

自分から声をかけることができるような人ではなかったけれど、心の中で感謝の気持ちを唱え、時々その姿を食堂で見かけるだけでも満足していた。

彼が仕事で功績を上げると、心から喜んだ。企画が通らなかったという噂を聞くと、どんな気分だろうと心配になった。

でもいつ見ても彼は笑っているから、真っすぐに前を見てるから、自分もここで頑張ろうという気になれた。

素敵な人。

手の届かない人。

でも目が追わずにはいられない人。

彼は俺のことなんかきっともう忘れてるだろう。(事実そうだったけど)

それでも俺は忘れられなかった。

周囲の女性達が彼に対する恋心を語るから、いつの間にか自分もその話題に参加する時、同じような気持ちになってゆく。

彼と親しくなれて、自分だけを見つめてくれたらどんなに幸せかと彼女達が夢を見るから、自分も想像した。

和田さんが自分の名を呼んでくれたら。笑いかけてくれたら、触れてくれたら、どんなに幸福だろうと。

それが恋に似た気持ちだというのは自覚があった。でも恋そのものだとは思っていなかった。だって俺は男だから。

周囲の人達は女性だから、同じ『好き』という言葉を使っても恋になるけれど、俺のは憧れだ。そう思っていた。

実際に彼に会うまでは。

会って、話をして、手が届く距離で彼を見た今は、自分でもよくわからなくなる。

自分が『誰よりも』彼の理解者でいたいとか、彼の側にいたいと思うのは、あくまで『恋に似た』ものなんだろうか？　それとも『恋そのもの』なんだろうか。

でも、まだ答えは出したくはなかった。

その答えはとても危険な香りがして、自分の欲がもっと強くなってしまうような気がしたから。

もう少し、憧れと感謝のままでいたかった。叶わない夢なら、欲は小さい方がいい。

親しくなることすら叶うかどうかわからないのだ、『恋』なんて…。

そう思って、俺は懸命に餌係だけを続けていた…。

その後も、俺は度々企画室へ呼ばれた。

総務の先輩達は何をしてるのかと興味津々で尋ねてきたが、力仕事の雑用ですとだけ答えておいた。

力仕事、とわざわざ付け足したのは、力仕事なら女性には無理という説明がつくだろうと思ってのこと。いつも指名で呼ばれることを『企画に異動したいんじゃないの』と怪しまれては困るからだった。そんな大それた希望はない。ただ自分が出向くのは和田さんという目的のためだけなのだ。

それに実際、俺がしているのは企画の仕事じゃなかったし。

それでもできるだけのことがしたくて、お菓子のことも、少しずつ工夫するようになった。簡単に食べられて、後に包装が残らないものを。手が汚れないで、匂いが残らないものを。

ちゃんと彼が、この餌を差し出している人間が『俺』だということを覚えてくれるように、少しずつでも話しかけながら。

あの時の彼の言葉を守って、好きだから一生懸命やる、結果は求めない、を言い聞かせながら。

ただいつも呼ばれるのは仕事の最中なので、和田さんはお菓子を食べ終わるとすぐに戻ってしまうのが残念だった。

憧れるその背中を、俺は引き留めることができない。

野生の気高い獣の生活を邪魔しないように遠くから見つめているだけ。

孤高の狼みたいに走り続けてる人は、決して振り向いてはくれない。

お菓子を運ぶだけだとしても、和田さんは俺を視認して寄ってきてくれる。差し出したものを俺の手から受け取ってくれる。それを嬉しいと思って、満足しなくちゃ。誰も近くに寄れないのに、自分だけが彼の毛皮を撫でられる近さまで歩み寄れるのだから。

獣の心が人にわからないように、彼が自分をどう思っているかはわからないけれど、それでもいいんだ。自分が彼を好きなのが動機なんだから。

内線で呼び出されて、毎回律義に走って駆けつける自分。

あの人なら、いつかその意味に気づいて言ってくれるかも。

『バレたのが藤代でよかった』

『お前はよくやってくれてる』

『お前は特別だよ』

そんな言葉をいつかくれる。

報われたいわけじゃないと思っても、どこかで期待することが止められない。仕事の時以外にも、呼ばれるようになりたい。

今のところはそんな日は遠い話だけど…。

「藤代！　すぐ来て！」

と呼ばれて飛び出してゆく自分に、いつか気づいて欲しかった。

それは、子供っぽい憧れのはずだった。

「ばかやろうっ！　何考えてるんだ！　相手に企画の中身話して、他社にバレないとでも思ってたのかっ！」

その日もいつものようにポケットに菓子を忍ばせて企画室へ入ると、そんな怒声がいきなり自分を迎えた。

「…でも、説明は必要だと…」

「事務説明と企画内容は別だろう！　向こうのが取引きは長いんだぞ、こっちのアイデアを向こうに伝えて、あっちと組まれたらどうすんだ！」

怒っているのは和田さんだった。

「でも…」

そしてその前で泣きそうな顔をしているのは同じ企画の人だ。

「事実、河南商事は大量の絹地を仕入れてるって情報が入ってるだろ、それをどう説明するんだ。偶然あっちも同じことを考えてました、か？」

バンッ、と和田さんがデスクを叩き、そこに置かれていたコーヒーのカップが床に落ちて砕け散った。

「ちょっとミスがあってね、彼氏イライラが絶頂なんだよ」

俺の出迎え係になった前田さんがこっそりと囁く。

「悪いけど、何とかとりなしてくれる？」

と言われても、こんなに怒ってる和田さんを見たのは初めてだった。しかも単に寝てないだけでイライラしてるのではなく、怒る原因があって怒っているのだ。果たして菓子だけでどうにかなるものなんだろうか？

「和田さん、藤代来ましたよ」

思った通り、和田さんは俺をすぐには振り向かなかった。叱り付けてる相手に、書類を投げ付け、もう一声吠えた。

「今すぐ、試算やり直せ。企画が同じなら価格で攻めるしかないだろう。紅葉紡績に頭下げて、一円でも安くしてもらえ。お前が一人で電話して、一人で交渉しろ！」

「でも…」

「でも？　でも何だ、言いたいことがあるなら言ってみろ。お前の不始末を一体誰に責任とってもらうつもりなんだか、その口で言ってみろ！」

「…う」

泣きそうだったその人は、ついに俯いたまま泣き出してしまった。

「和田さん、もうそこまでにして。ね？　藤代くんが来てるんですし。ほら、井川、お前も書類拾って」

もう一度、前田さんが仲裁に入り、和田さんはやっと俺の方を見た。だがその目はいつもよりずっと怖くて、俺はすぐに動くことができなかった。

「…来い」

いつもなら肩を抱く程度の手が、強い力でぼうっと突っ立っていた俺の腕を摑む。

あまりの勢いに向きを変えることもできず、後ろ向きのまま、会議室まで引きずられるように連れ込まれる。何か言おうとしたのだが、その前にいきなり肩を押さえられ、テーブルの上に押し倒された。

「わ…和田さん？」

無言のまま、彼が上から覆いかぶさる。

近づいてくる顔が、一瞬目を合わせて動きを止める。

キスされる？　…そんなわけがないのだけれど、俺は身体を硬くした。

実際は手が俺のスーツのポケットを探り、中に潜ませておいた個別包装のクッキーを取り出しただけ。押し倒されたのは、いつも以上にイライラしていたから、俺が差し出すのを待てなかっただけだろう。

そして俺をテーブルの上に放り出したまま獣の食事が始まる。

バリバリとクッキーを噛み砕く音。

「クッキーはあまり好きじゃない」

それより大きく胸が鳴る。

「すいません…」

誤解だとわかっているのに、彼の顔が近づいた時、妙な期待があったのに気づいてしまったから。

「チョコが一番好きだ」

キス、されたかったんだろうか、俺は。

「はい」

近づいた顔から逃げようとしなかったってことは、そういうことなんだろうか。相手は男の人なのに。この胸にあるのはあくまで恋に似ただけの憧れのはずなのに。

でも、和田さんだったら、別にそうなってても気持ち悪いとは思わないかも…。

「さっきの話、総務に戻ってもするなよ」

いけない、そんなこと考えちゃ。

「何のことですか？」

自分で思ったじゃないか。望みを大きくすると欲が深くなって、叶わないことに失望するだけだって。

「俺が井川を叱ってた内容だ。聞いてたんだろう」

甘い物を食べた後なのに、彼の語気は強いままだった。

「…はい。でも、もちろん仕事の話ですから誰にも言いません」

「そうだな、お前は口が堅い人間だったな」

「口が堅いわけじゃありません。喋っていいことと悪いことの区別くらいつくって言うだけです」

「誰もがそうだとありがたいがな」

やはりさっきの怒りは、どうやら眠気のせいだけじゃなかったようだ。

「俺は企画の人間じゃないけど、大変だったみたいですね」

「ああ」

「でも、きっと大丈夫ですよね？」

「どうかな、あいつ次第だろう」

仕事の内容がわからないから、それ以上のフォローの入れようがない。

やっぱり俺ってば餌係だな。こんな時、本当の後輩や友人なら、もっと気の利いたセリフが出てくるだろうに。

「あの…、チョコ買ってきましょうか？」

というのが精一杯。

「いや、もういい。腹がいっぱいだ」

それも役には立たない。

「はい…」

いつものように、彼は全てを食べ終わり席を立った。

もう行ってしまう。また何の役にも立たないまま、短い逢瀬が終わる。でも俺にはそれを止める方法がない。

うなだれていると、彼が俺の頭を乱暴に撫で、髪をクシャクシャと掻き回した。

「な…、何？」

「余計な心配しないで、お前も仕事に戻れ」

…余計な心配。

「そうですね、俺は部外者ですもんね。役目が終わったら、戻ります」

トン、と突き離された気がして胸が痛い。

何だろう、今日の俺は、ときめいたり、切なくなったり、この人の言葉で躍らされてばかりだ。

「そうじゃない。お前にはお前の仕事があるだろうと言ってるだけだ。お前を部外者とは思ってない。むしろ…俺の備品だな。迷惑だろうが」

「そんな、迷惑なんかじゃないです」

「だとありがたいな」

硬い表情のままだったけれど、嘘でもお世辞でもない言葉に、胸が締め付けられる。備品ってことは『あなたのもの』って意味ですよね？

「俺は…、役に立ってます？」

「もちろんだ」

欲が出る。

いつも言い聞かせているはずなのに、これ以上を望むのは夢だってわかってるのに、手を伸ばして自分から彼を捕らえたいと思ってる。

「行くぞ。…と、その前にネクタイ直せ」

「え？」

「俺がさっき押し倒したからな、緩んでる」

「あ、はい」

「髪もだな。お前、掻き回しやすい髪の毛してるよ」

「何ですか、それ」

「柔らかくて触り心地がいい」

その言葉が俺をどんなに揺さぶるか知らないから、彼はさらりと言ってのける。

俺がネクタイを締め直すために一回それを解いていると、長い指が丁寧に髪を梳く。この人にとっては何の意味もないその行動で、顔が熱くなりそうだ。

「猫っ毛なのかな」

何を意識してるんだか。

「失礼します、和田さん。外村さんから電話が入って…」

ノックと同時に開かれたドアに、慌てて背を向けてテーブルの上のクッキーの袋をポケットへ突っ込む。

「今行く」

頭から離れた指の感触が名残惜しくて、目だけが彼を追う。

でもやっぱり、和田さんは振り向いたりせず、部屋を出てってしまった。

ただ入口に立つ前田さんだけが、何故か俺をじっと見つめていた。

「あの、何か？」

「…ネクタイ、解けてる」

「あ、今結び直そうと思って」

「俺、邪魔した？」

「は？」

「薄々は察してたんだけど、やっぱりそうなんだ」

「何ですか？」

前田さんはパリパリと顎を掻いて、目を逸らした。

「いや、別に相手が俺じゃないなら、それもまた今時はアリだと思うけどね。みんなもうわかってるし」

「は？」

何のことだろう。

俺が首をかしげると、彼はコホンと小さく咳払いした。

「藤代、和田さんの恋人なんだろう？」

恋人？　俺が？　和田さんの？

「え？　…えぇっ!?」

「そんな大きな声出さなくても」

「そ、そんなことあるわけないじゃないですか。和田さんが俺みたいなの」

「まあいいって、大丈夫。偏見なんかないからさ。それより、上手く彼をコントロールしてくれる人が現れてよかったって思ってるくらいだし。まあ女子社員はガッカリするだろうけど」

「前田さん」

何でそんな考えになるんですか。俺達男同士なのに。あの人は俺のことなんか餌係とし か思ってなくて、やっと少し懐いてくれたくらいの仲なのに。

「悪いけど、和田さんまだ仕事だから、続きはプライベートの時にね。それと、藤代には抵抗できないとは思うんだけど、会議室ではそれ以上されないように気を付けてな。一応誰が入ってくるかわかんないから」

それ以上って…。

俺は解いたままのネクタイの意味に気づいて顔を赤くした。そりゃ、前田さんが入ってきたと同時に慌てたけど、髪もまだ乱れてるけど、それはそういうことじゃないのに。

「待って下さい、前田さん。それ思いっきり誤解です」

でももう彼の中では答えが先にでき上がっていたのだろう。俺の言葉なんか聞いてる様子もなく、頷きながらひらひらと手を振って出てってしまった。

みんなわかってるって言ったよな？　ってことは、もう企画のみんなはそんなふうに思ってたってことか？　確かに俺はあの人を菓子で釣って飼い馴らそうとしているけれど、それさえまだできてないことなのに。

「恋人だなんて…」

俺は慌てて髪を整え、ネクタイを結び直した。

きっと、誰もあの人にはことの真相は確かめられないだろう。畏敬の念を抱いてる人だもの。そして当の本人はその気がないんだから、みんなの言葉や態度でそれに気づくってこともないに違いない。

「誤解だよ…」

どうしてだろう。

どうして俺はその誤解を耳にして、笑っているんだろう。熱が出たかと思うほど、顔を熱くして、半分泣きそうになって、頬を緩めているのだろう。

ただ憧れの人で、あんなふうになりたいって、あの人の成功が自分の成功のようだと思うだけの相手なのに。

自分なんか単なる餌係で、彼の特別でもなくて、ましてや恋人なんてとんでもないことなのに。その誤解が、誤解だけで終わってしまうものだとわかっていながら、どうしてこんなにも嬉しいのだろう。

「俺は…ばかだなぁ…」

その理由は、たった一つしか思い浮かばなかった。

考えてはいけないはずの答えしか、思い当たらなかった。


目の前に、彼の顔が近づいた時、俺はキスされると思った。

そんなこと、絶対ないってわかってることなのに。

それは自分がキスされたいって思っていたからじゃないだろうか。

そして自分が彼の恋人だと誤解された時に浮かんだ笑みは、純粋にそうだったら嬉しいと思う気持ちの表れだったんじゃないだろうか。

いや…。

もう『だろうか』では片付けられない。

きっとそうだったんだ。

『好き』という言葉には、いっぱいの意味がある。

憧れたり、気に入ったり、好感を抱いたり、友情を感じたり、親しみを覚えたり…、恋をしたり。

最初から、俺はあの人が好きだった。

それは変わらないことだけど、中身はいつの間にか変わっていた。

見ず知らずの俺に真剣に言葉をくれた人に、最初に抱いたのは単なる憧れだけだったと思う。優しくされたと感謝しただけだった。

でも、みんなと彼の素晴らしさを語ったり、彼の仕事に対する態度を知ったりしているうちにそれが憧れに変わった。

遠くから見ているだけでいいけれど、できれば名前を覚えてもらいたいなあとか、親しくできればいいなあと思うようになった。

現実、彼とそうなってみると、更にその先が欲しくなっていたのには気づいていた。

俺を特別にしてくれないかな、と思うようになったのだ。

それでもまだ、俺はその『特別』が友情とか先輩後輩の延長線上に望むものだと思っていたかった。

でも違ったんだ。

獣みたいに冷たい横顔や怒った顔を見て、彼が偶像ではなく、生身の男の人だとわかってしまって、届かない背中を目で追い続けているうちに、少しずつ変化していたんだ。

目の前にいる人が『好き』。

現実に手が届くその人が『好き』。

恋愛をしているのかどうかさえ、まだハッキリとはしない。けれど、彼を『好き』という気持ちが、憧れを突き抜けてしまったことだけは明らかだった。

言うならば、『恋をしかけている』というのが一番正しいのかも。

でも、俺はそれを認めたくなかった。

認めなくてもよかった。

だって俺は『男』だから。

なのに、前田さんの誤解は、男同士でもそういう関係が結べるのだということを俺に教えてしまった。

聞いたことがなかったワケじゃない。世の中にそういう人がいることぐらい知っている。それがすごく特別なことではなくなっているのも。

ただ自分がそうだとは思っていなかった。

けれど、前田さんが『恋人だろう』と言った時、それを嫌だと思わなくて、自分が本当に彼の『そういう』相手だったらよかったのにと思った瞬間、答えは決まってしまった。

俺は、あの人と『恋』がしたいと思ってたのだ、と。キスしたかった、と。

絶対の上にもう一つ絶対を付けなきゃならないくらい叶わない望み。

俺と和田さんがそうなることなんて、あり得ない。

俺だけが一方的に片思いをするなら許されるかもしれないけど。

恋人は望めない。

でも彼にとって自分が『特別』に『必要』な人間になることならば、まだ叶うかもしれない。だって、俺はあの人の秘密を知っているから。

人間というのは、どうして時々短い間にころりと気持ちが変わってしまうのだろう。

彼が好きだから、彼のために何かしてあげたいと、ちょっとだけ親しくなれるきっかけにしたいと思っていたはずのお菓子を届ける仕事が、もっと悪い企みに取って代わられる。

和田さんに、俺を俺と認識してほしい。

誰でもいい餌係ではなく、藤代が望みを叶えてくれてるんだと思わせたい。

わかって。

ここにいるのは俺です。

仕事上の付き合いの人達の名前を覚えるように、機械的に俺の名前を呼ばないで。

菓子の載る手の先にあるこの顔をちゃんと見て。

望みは叶えてあげます。それは俺だからできることなんです。他の人にはできないことなんです。それを覚えて下さい。

彼に菓子を渡す前に話しかけて、彼が自分を見てくれるようにもした。食べている時にも、聞いてないとわかっていながら言葉をかけるようにした。

みんなの誤解をいいことに、呼び出されると俺は彼に自分から近づくようになった。

その腕を自分から取って、会議室へ向かうようにもした。

にこにこと笑って、俺は彼を調教する。

餌をあげてるのは誰だか覚えなさい。こうしてくれるのは俺だけだということを覚えなさい。他の人にはあなたの秘密を打ち明けられないでしょう？　だから呼び出されてすぐにやってくるような人間は、あなたが欲しい時に欲しいものを差し出せる人間は俺しかいないんだって認識して下さい。

そしていつか、俺なしじゃいられないと思うようになって下さい。目で俺を探すようになって下さい。

俺が今そうであるように。

ほんの十分程度の呼び出しを、それ以外の時間ずっと待ってるんです。ロッカーの中にいつ食べてもらえるかわからない菓子を買い込んで、先輩達の雑誌を見せてもらって、美味しい店をリサーチして。

思えばそんなことを始めた時点で、俺は相当あなたのことが好きだったんでしょうね。ただ男が男を好きになる意味の中に恋愛って言葉が入ってるなんて考えもしなかったから、ずっとそれに気が付かなかったんです。

もしも俺のこの気持ちを迷惑だと思う時が来たら、前田さんを恨んで下さい。あの人があんなことを言い出さなかったら、俺は気が付いたりしなかった。

憧れの人のままで、ずっと追いつけない背中を追いかけるだけで満足していたでしょう。届かなくてもいいからと、それに手を伸ばすなんてことも考えなかったでしょう。

初めて会った時、俺のチョコを食べたあなたが悪い。俺に秘密を打ち明けてしまったあなたが悪い。

そして、普通じゃない気持ちを抱いてしまった俺が、一番悪い。

だから、俺からは決してあなたに『好き』とは言いません。そんなことを言ったら、きっと嫌われてしまうだろうから。この関係を失うくらいなら、黙ったままでいます。

ただ望みだけは消せないから、『いつか』あなたの方から俺が必要だと思ってくれるようになるまで、あなたに優しくし続けます。

和田さん、俺は変わってしまいました。

自分が本当は何を望んでいたのかがわかってしまった瞬間、心のどこかが別の人間にでもなったかのように。

もっとも、望みが明確になって、欲が出たってだけのことで、することに変わりはないけれど…。

これからも、俺があなたの元に行く理由はたった一つです。

俺を見て。俺が誰であるかをわかって、俺を見て。そして俺を必要だと思って。

それが恋でなくても満足するから。

それだけはちゃんと我慢するから。

いつか、その目で俺を見て下さい。

いつか…。

もう三カ月以上も和田さんのところへ呼ばれ続け、俺はすっかり企画室の人達とも顔見知りになってしまった。

でも計画は全然進行してなくて、相変わらず俺は彼の糖分補給者でしかなかったし、オフタイムに呼んでもらえることもなかった。

それでも俺はせっせと菓子を買い続け、彼のためにすぐに駆けつけていた。

お陰で、彼はすぐに俺と二人きりになろうとしたし、前よりは長く一緒に残ってくれるようにはなった。

「藤代くん、内線三番。また企画からよ」

呼び出しの上に『また』が付くようになっても、進展はこれっぽっちもない。

「藤代？　悪いけどすぐに来てくれるか？」

というセリフを、何度聞いただろう。

「すぐ行きます」

という返事を何度しただろう。

通い慣れた企画室への道を走り、チェックを通してためらうことなく部屋へ向かえるほど度胸もついたというのに。

「和田さん」

と名前を呼んで入る部屋。

だが今日はいつもと違っていた。和田さんは怒ってもイラついてもいなかったのだ。

入口近くの自分のデスクではないところに座って、みんなに囲まれている。

「和田さん…？」

と声をかけると、みんなが俺を見た。彼は顔を上げなかったけれど。

「和田さん、ほら、藤代くんが来ましたよ」

と前田さんが言うと、やっと上げた顔がけれどすぐにまた下を向いてしまう。

「あいつは関係ないだろう」

というセリフと共に。

「何言ってるんですか、ほら、立って」

どうしたのだろう。いつもと空気が違う。

糖分が足りない時はいつもすぐに俺のところに歩み寄ってくるのに、『関係ない』なんて…。

でも俺は呼ばれたわけだし、ここにいてもいいんだよな？

「藤代くん、今急ぎの仕事持ってる？」

と聞いたのはやっぱり前田さんだった。

「いえ、特には」

「そう、よかった。じゃ、悪いんだけど、この人連れて帰ってくれるかな。総務にはこっちから連絡入れるから」

「前田！」

彼が声を張っても、今日は誰も怯まないし脅えもしない。

「凄んでも無駄ですよ。昨日は言うこと聞きましたけど、今日はもう誰が見たってダメダメでしょう」

「あの…、和田さん何か…？」

問いかけると、前田さんはため息をついた。

「この人ねぇ、さっき少し仮眠は取ったんだけど、寝起きが悪いんで無理やり熱測ったら三十八度もあるんだよ。なのにどうしても帰らないって言うから、君に連れて帰ってもらおうと思って」

「三十八度？　風邪ですか？」

「多分ね」

和田さんはムスッとしたままそっぽを向いた。まるで拗ねてるみたいに。

「体温計が壊れてたんだろ。第一耳に突っ込んで十秒くらいで体温がわかるもんか」

「はい、はい。とにかくもう週末で、明日はどこも動きようがないんですから、せめて早く帰るってことぐらいは承知して下さいよ。月曜まで休まれると困るんですから」

みんなの扱いも子供に対するもののようなのに、彼は声を荒らげたりはしなかった。仮眠を取って落ち着いてるのか、熱のせいなのか。

「ほら、立って下さい。打ち出しくらいは俺達がやっておきますから」

「帰るのはいい、だがどうして藤代を呼ぶ必要がある」

「だってあなた、藤代くんの言うことしか聞かないじゃないですか」

「俺が藤代の言うことを聞く？」

ジロッと和田さんが前田さんを睨み付ける。でも前田さんは俺がここにいるから、気にしていないようだった。彼等にとっては、俺は猛獣使いなのだ。事実は別として。

「和田さん、俺送りますよ。一緒に行きましょう」

その期待に応えて、俺は和田さんに歩み寄った。

「別にお前の手を借りなくても大丈夫だ」

と言われるのはわかっていたけれど。

「ええ、でもそれで皆さんが安心するならいいじゃないですか。下までだけでも一緒に行きます」

彼はそのまま周囲を見回し、諦めたようにため息をついた。

「…わかった、帰ればいいいんだろう」

差し出された同僚の手を振り払って立ち上がる。けれどやっぱり具合が悪いのだろう、そのまま少しよろけて、偶然にも目の前に立っていた俺の方へ倒れ込んできた。

触れる手が熱い。

「悪い」

みんなはこれを見てまたきっと誤解するだろう。単なる偶然なのに。

「いえ。辛いようだったら摑まってもいいですよ」

「いや、いい」

俺は前田さんに目配せをしながら頭を下げた。大丈夫、俺がついてますからというように。

誤解されててよかった。そうでもなかったら、こんな時に和田さん自身は俺を呼ぶなんて考えもしていなかっただろう。

支えを断る彼の背後からついて行くように部屋を出る。

下までだけでも、あの会議室以外で二人きりになるのが初めてだったから、不謹慎にも少し嬉しかった。

「お菓子、食べます？」

エレベーターのボタンを押して待つ間も、彼は壁に寄りかかっていた。

「いや、いらん」

いつもの攻撃的な顔が辛そうに歪んで、息も荒くなっている。本当に辛いんだ。

思わず手を差し出すと、彼はそれを払いのけた。

「藤代に感染《うつ》る」

熱のせいなのか、一瞬向けられた目は俺を心配してくれているように見えた。

やっと来たエレベーターに乗る時も、彼は俺の手を必要とはしなかった。ボタンだけは押してあげて一階で一緒に降りる。心配で何かしてあげたいのに何もできなくて、一人で歩く彼の後ろを、従者みたいについて行く。

この人、本当にちゃんと家へ帰ってくれるだろうか。家まで戻ったとして、ちゃんとおとなしくしてくれるだろうか。

いや、その前に、一人で帰して大丈夫なんだろうか。

「和田さん、一人暮らしですか？」

「ああ」

その答えを聞いて、益々不安になる。

もしも家に戻った途端倒れてしまったら…。そのまま外へ出て、タクシーを拾う彼の背中に心が揺れる。

今なら、その背中に手が届く。

いや、届かせなければいけない。たとえ怒られても、今は手を伸ばさなきゃ。

タクシーの開いたドアに身体を滑り込ませようとしている和田さんの背中に触れる。

「藤代?」

そのまま俺は彼を奥へ押し込むと、無理やり一緒に車に乗り込んだ。

「別に送らなくてもいいと言っただろう」

不機嫌な声で言われても、ここでは俺は引かない。

この人の声なら、怒ってたって怖くない。

「送るんじゃありません。俺の行き付けの医者があるんで、そこを紹介するだけです」

「医者?」

「和田さん、保険証持ってないでしょう? 一回家まで戻って取ってくるより、俺の行き付けの医者に行って診てもらいましょう。理由を話せばきっと保険証は後で持ってくればいいって言ってくれると思いますから」

和田さんは暗い車の中で俺を睨んだ。おせっかいなことを、と思われただろうか？

けれど、俺がその視線を正面から受け止めると、それを受け入れた。

「わかった…、お前の言う通りにするよ」

そしてそのままシートに身を沈め、目を閉じた。

まるで気力が尽きてしまったかのように、眠るように…。


俺の住む部屋は、大学に入学した時からずっとだから、もう六年も住んでいるところだった。

六年も住めば仮住まいというよりも自分の家という感覚が強くなる。

近くにある病院は、その六年の間に何度か世話になった。風邪と、腹下しと、卒論の時期には胃炎になって暫く通ったのだ。

おじいちゃんの先生はとてもいい人で、その卒論の時に、勉強のことで身体を壊すなんて今時珍しい若者だと俺のことを覚えてくれていた。

だから、突然保険証もなく和田さんを連れて行っても、事情を話すと『絶対に内緒だぞ』と言って一週間以内に保険証を持ってくることを約束に彼を診てくれた。

診断はインフルエンザだった。

「水分とって、消化のいいもの食って、汗かいてじっとしてる。それが対処法だな。今注射を打ったから、明日中には熱も下がるだろう」

と言って、まだふらつく和田さんの肩をバンバン叩いた。

もしも、俺が彼を『好きだ』と思う前だったら、きっとそのまま彼をタクシーに乗せて帰してしまっただろう。

気を付けて、っていっぱい心配しながらも、自分にできることなんかないんだって思って手を離しただろう。勇気がなくて。

彼に好かれたいとは思うけれど、もうそれよりも彼のことの方が心配。

ふらふらで、呼吸の浅くなっている和田さんを放っておいて後悔するくらいだったら、この人に何かしてあげたいと思ってしまったのだ。

「一旦ウチで休んでいきましょう。喉が渇いたでしょう？」

「藤代の家？」

「一人暮らしですから、大丈夫です」

「二人きりか…」

おとなしく頷く彼を一人になんかできるわけがない。あれだけ拒んでいた俺の肩を借りて歩くほどなのに。

「よっぽど辛かったんだ…」

そして今、彼は俺の部屋で、大きな身体でベッドを占領し、寝息を立てている。

「俺が和田さんの寝顔を見られる日が来るとは思わなかったな…」

重たい身体を何とか支えながらベッドへ座らせた途端、彼はこうなってしまったのだ。

喉が渇いているだろうに、水を待つこともしなかった。

とはいえ、このまま寝かせるわけにもいかないから、まずスーツを脱がせてパジャマに着替えさせなきゃならないんだけど、意識のない大男の着替えって…。

第一、俺の部屋に彼のサイズに合う服があるだろうか？

「トレーナーとジャージ？」

およそ和田さんには似合わない格好だけど、それしかないだろう。

まず自分が身軽な格好に着替え、彼の服を一枚ずつ剝いでゆく。

ネクタイを取って、スーツを脱がせて、ワイシャツを脱がせて、トレーナーを着せる。

そこまではいいが、やっぱり見慣れたものとはいえ、好きだと意識した人のズボンを脱がすのは多少抵抗があった。

「でもそんなこと言ってらんないからな」

まるで糸の切れた操り人形を扱うように彼を着替えさせ、布団の中に押し込むと、俺の方が汗だくになってしまった。

そこまでしても彼が一度も目を覚まさなかったのは、さっきの注射が効いてるってことだろうか。それともさっきより酷くなってしまったからだろうか。

でも医者には診せたのだし、もう自分にできることはない。

「あとは水分か」

起こして飲ませるべきだろうか？　それとも…。俺は少し赤くなった彼の顔をじっと見つめた。

思ったよりも長い睫毛。

乾いて、少し白くなった唇。

通った鼻梁は呼吸する度微かに上下する。

その微かな動きに、魅了される。

「役得、と思うことにしよう…」

冷蔵庫の中のミネラルウォーターを持ってきて一口含む。

そしてそのまま彼の形のいい唇に自分から唇を寄せる。

これもキスになるんだな、と思った途端恥ずかしくなって動きが止まり、つい自分で飲み込んでしまった。

「…ダメだ、ちゃんと飲ませないと」

これはキスじゃない。彼に意識がないのだし、単に水を飲ませるだけの行為だ。人工呼吸をキスと呼ばないのと一緒だ、と自分に言い聞かせもう一度水を含む。

まるで、自分の気持ちを確かめるように、そうっと近づける顔。

熱い吐息が当たる。

今彼が目を開けたら、何と言おう。水を口移しで飲ませるためだと言ったら怒る？

言い訳なんか必要のない程、深く眠った和田さんは、同じ速さの呼吸を続けていた。

重ねた唇は熱くて、カサカサだった。

その感触に溺れる前に、ゆっくりと彼の唇に水を注ぎ込む。

「…ん」

漏れる声に驚いて唇を離すと、口元から水が零れ、わずかに喉が上下した。瞼はけいれんするように震えたが、目は覚まさない。

ほっとしてもう一度、同じ行為を繰り返す。今度触れた唇は、濡れたせいかさっきより

も柔らかかった。今度はスムースに水が流れ込む。ほんの少し触れた舌先に、ドキドキした。

「こんなになるまで働くことないのに…、って言っても仕事一番なんですよね?」

俺なんか眼中になく、いつも仕事へ戻ってゆく背中が思い浮かぶ。

でも今日は、今だけは、仕事に彼を奪われることがない。苦しんでいる和田さんには悪いけれど、俺は少しだけ幸福だった。意識のない彼であっても、今は自分だけの側にいてくれるのだから。

もう少し水を飲ませて、額に零れる前髪を指ですくい、濡らしたタオルを載せる。

暫くはこのままだろうから、その間に買い物をしてこよう。

レトルトのお粥と、冷却シートだけは必要だろうし、あとは水物と…。

「桃缶かな?」

カサついた唇の感触が消えない。

一瞬だけ触れた舌の熱さがまだ残る。

「…一応メモだけ残しておくか」

キスではないのに、感じた熱が俺の鼓動を速くさせていた。俺の方が、酷い熱に浮かされているかのように。

夢は見てはいけない。

欲望を大きくしてはいけない。

俺はもう一度言い聞かせた。

見返りを要求しないで、自分がしたいと思ったことだけをするんだ。今自分がしたいことは彼を看病することだけなんだ、と…。


浅い眠りの中で、俺は和田さんの夢を見た。恐ろしい猛獣のように怒り、周囲を圧倒する彼に、自分だけが近づいてゆく。

みんなは遠巻きにそれを眺めているけれど、俺は平気。だってもう彼は俺に懐いているから。長い時間をかけて、ちゃんと調教したんだもの。彼は俺が餌を運ぶ者だとちゃんとわかってる。

その自信で、俺は大きなチョコレートケーキを彼の目の前に差し出した。

さあ、食べてもいいよ。俺がこれをあげるんだからね、喜ぶんだよ、と。

けれど、自信満々で差し出したそのケーキは、軽く彼にはたき落とされてしまった。俺の欲しいものはこんなものじゃないというように。

どうして？　だってあなたは甘い物が好きで、必要なんでしょう？　俺からだけ、それを受け取ってくれるのでしょう？

それだけが俺のより所なのに、それすらも否定しないで。そしたら俺はもうあなたに近づけなくなってしまう。

「…和田さん」

俺はその名を呼んだ。

俺を必要として、そっちへ行かないで、もっと大きいケーキだって用意するから。そうだ、買った物じゃなくて、今度は作るから。

だからお願い、離れて行かないで。

「和田さん！」

大きな声でもう一度呼ぶと、彼は俺に近づいてきてくれた。

「待ってて、今ケーキを…」

「いや、もう菓子はいい」

突然耳元で響いた声に、ハッと意識が覚醒する。

慌てて身体を起こすと、大きな手が俺の身体を支えていた。

「な…に…？」

「大丈夫か？　藤代」

見慣れた自分の部屋。

目の前に黒いたてがみのライオン…、じゃなくて和田さんの姿。

「和田さん…？」

「すまなかったな、ベッド占領して」

現実だ。本物の声だ。

そうだ、昨夜俺はこの人を家へ泊めたんだっけ。ぼんやりとした頭に『自分のしたこと』が蘇ってくる。

「藤代？」

強引にタクシーに乗り込んで、医者へ連れてって、朦朧としていたこの人を看病していたんだっけ。

「あ…、おはようございます！」

和田さんは、俺の声に一瞬驚いた顔をして、それから横を向いて笑い出した。

「…もう夕方だが、おはよう」

笑っている…。

『俺』に笑っている。何も与えていないのに、何もしていないのに、食堂で見かけていたあの明るい笑顔を浮かべてくれている。

「どうした？　身体でも痛むか？」

「身体？」

言われて自分の身体を見ると、まだしっかりと背後から俺を抱いている彼の手。けれどドキッとする前にからかうような声がした。

「テーブルに突っ伏したまま寝ただろう？　顔に服の袖のシワが付いてる」

「え…？」

「擦っても取れないぞ」

言われて頬に手をやった俺の手を、彼の手が止める。

不機嫌な獣じゃない。

据わってる目じゃない。

穏やかに微笑んで、俺を抱きかかえてる。

「大分迷惑をかけたようだな」

「いえ、そんな。強引に連れ込んだのは俺ですし」

「もう随分よくなったから、これで戻るよ。本当はもうちょっとその寝顔を見てたかったんだが、帰る前に礼を言っておこうと思って。寝てるのを起こして悪かったな」

嬉しい。

この人が元気になってくれただけで。彼の本来の姿の時のその目に、自分が映っていると思うだけでこんなにも喜んでしまう。

「まだ帰っちゃダメです」

「ん…？」

「和田さん、昨日から何にも食べてないんですよ。水は少しは飲んだけど。今体調がいいのは注射が効いただけですから、まずちゃんとご飯を食べて、薬を飲んで下さい」

「だがこのままここに居ると…」

「俺は別に迷惑じゃないです。そういうことを言おうとしてるなら先に言っておきますけど。このまま中途半端に帰られることの方が心配で迷惑です」

「いや、藤代…」

「ほら、ベッドに入って下さい。今お粥作りますから」

まだいい。

今はまだ、特別じゃなくてもいい。

俺は焦ったりしない。

自分がどの程度の人間かよくわかってるから、今回は彼が正気で自分と対峙してくれてるという御褒美だけで満足できる。

「藤代?」

「寝て」

強く言うと、彼は困った顔をしながらもベッドへ戻ってくれた。

これが餌付けの成果かもしれない。

「テレビのリモコンはこれです。待ってる間観てていいですよ。あ、でもまず水分ですよね?」

冷蔵庫へ行って、買っておいたペットボトルのお茶を渡す。新しい冷却シートを彼の額に貼って、おとなしくするようにと言い置いてからキッチンへ向かう。

今なら、あなたは『俺』を見ているでしょう? 甘い物を運んでくる誰か、じゃなくて、何度もその名を呼んでくれるでしょう?

それが俺にとってどんなに嬉しいことだかあなたにはわからないでしょうけど。

「食べてみると、きっとビックリするくらいお腹が空いてますよ。あ、俺も一緒に食べますから」

一人暮らしが長いから、こういうことの手際はいい方なんです。

「お前には…、迷惑かけっぱなしだな。菓子のことといい、今回といい」

と響いてくる声に、涙が出そう。

わかっててくれたんだ。

俺がお菓子を渡してる人間だって、認識しててくれたんだ。

「ありがとう」

そんなふうに言ってもらえることだけを夢見てたこともあった。

それだけでいいと思っていたことも。

今はその先をも望んでしまうけれど、やっぱりその言葉に心が震えてしまう。

「はい、お粥です。熱いからゆっくり食べて下さいね。それで食べ終わったらこっちの薬を飲むんですよ」

「藤代はお母さんみたいだな。ひょっとして下の兄弟とかいるんじゃないのか?」

自分を見てくれる視線。

俺のことを話題にしてくれる唇。

今まで、あなたは一度も俺のことなんか聞かなかった。興味もないように、菓子だけ食べて去って行った。

でも今日は違うんですね。

「俺、上が二人女なんです。下に弟が一人いますけど」

「それなら長男だろう」

「上がいてもですか？」

「男の子の一番上を『長男』と言うからな。お兄ちゃん気質なんじゃないか？」

もっと話して。

もっと俺のことを聞いて。

「ここへは一人で住んでるのか？」

「はい、大学の時に家を出たら、もう部屋がないんで、きっとこのままだと思います」

「部屋がない？」

「姉が結婚して親と同居してるんで」

「ああ、なるほどね」

嬉しい、嬉しい。

子供みたいに嬉しい。

「お粥、食べ終わったらプリン食べます？　消化もいいし栄養価も高いから、食べておくといいと思いますよ」

「そうだな…」

「普段は甘い物食べないんでしたっけ。でも桃缶は？　熱がある時、俺いつも食べるんです。口がさっぱりしますよ」

「そっちがいい。俺も子供の時に食べたよ。もう何年も口にしてないが」

あの情報通の総務の先輩達でさえ知らないことを、俺だけが直接あなたに聞くことができるのだという『特別』を下さい。

誰も知らないあなたのことを、もっと知りたい。

今はそれだけでいいから。

「その前に、一服させてもらえるとありがたいんだが」

「ダメですよ、まだ熱が下がってないのに」

今日の俺はまるであなたの友人のような口がきけている。

「口がマズイ時は欲しくなるんだよ」

笑って、ちゃんと会話をしている。

「熱がある時はタバコもマズイって言いますよ。それにこの部屋には灰皿がないんです、俺はタバコ吸わないから」

それだけでこんなにも舞い上がってる。

「吸わないのか、それじゃ悪いな」

「今度買っておきます。だから今は我慢して下さい」

言ってから『今度』なんて来ないことに気づいたけれど、彼はそれを否定しなかった。

「俺のために買ってくれるのか？」

とからかうように笑う。

「また来てくれるというなら」

本当の気持ちを隠すために、少し偉そうに返す言葉。

「そうだな…。どのみちあの病院へ保険証渡しにこなきゃいけないんだし。いつかまた来たいな。お前がいいと言ってくれるなら」

その『いつか』が来なくても、ノリだけの言葉だったとしても、俺はこんなにも幸福になれる。小さな幸せですぐにお腹がいっぱいになってしまう。

「薬飲んだら、もう少し寝て下さいね」

「お前はどこに寝るんだ？」

「ここで横になります」

「ダメだ。そんなことしたら今度は藤代が風邪をひくだろう」

強く言ってくれる俺を心配する言葉。

「男ですから、大丈夫です。昨夜は心配で起きてるつもりだったから横にならなかったけど、学生時代に友人が来てた時に買った毛布もありますから」

ああ、あの時勇気を出してタクシーに乗り込んでよかったなあ。

「俺が風邪でなけりゃ、一緒に寝ようって言うんだが」

そんな目で見て、そんなセリフが貰えただけでいいです。

「そんなこと気にしないで、ゆっくり休んで下さい」

彼の手が俺の頭を撫でた。

優しい眼差しが俺だけを見た。

「…俺は本当に、お前に頭が上がらなくなりそうだ」

小さなジレンマがなかったとは言わない。

恋に気づいたのに、何もできない自分を不甲斐ないとも思う。

でもこれでいいんだ。

平気そうに振る舞っていたのに、身体を横たえた途端に寝入ってしまった和田さんの寝顔を見ながら、俺は自分に言い聞かせた。

彼の一番ではなかったとしても、親しくはなれたと思う。ちゃんと俺が藤代だってわかってもらえてたことがわかった。

それだけでいい。

布団からはみ出した大きな手を、好きなだけ触れることでだって、こんなに切なくなってしまうのだ。これ以上の幸福がやってきたら、俺のノミのような心臓なんかあっと言う間に弾けてしまうに決まってる。

だから、これでいいのだ。

「おやすみなさい」

短く切られた四角い爪の形を覚えて、その温かさを感じて、ほんの少し疼く本能。

でも俺はその手を布団の中に戻して、食器を片付け始めた。

恋が叶わなくても、自分はこんなにも幸せになれる、と思いながら。

結局、和田さんはもう一泊だけウチに泊まって、タクシーで家へ戻っていった。

その間、俺のことを見て、俺の話を聞いて、何度も『藤代』って呼んでくれて、俺に触れてくれて…、幸福をいっぱい与えてくれた。

着せ替えたトレーナーなんかは、洗って返すと言って持って帰ってしまった。本当はちょっぴりこの二日間が夢でないという証拠として残しておきたかったのだけれど、そんなものがなくても、自分が忘れなければまだまだ幸せでいられる。

またこれからは餌係の日々が始まるのだとしても、もう彼は『菓子を持ってくる誰か』じゃなくて、ちゃんと『藤代』だって思ってくれるのだ。

しかもそれだけじゃなかった。

月曜に社員食堂で先輩達と一緒に食事をとってると、彼は俺に気づいて歩み寄ってきてくれたのだ。

「藤代」

響く大きな声で、みんなの見てる前で、彼が俺の名前を呼んでくれる。

足早に俺のところへ歩み寄り、頭に手を置き、微笑みかける。

「あ、はい」

「週末はすまなかったな。お礼に今度分厚いステーキでも御馳走してやるから、時間を空けとけ。お前、細っこいから肉がいいだろう」

憧れていたオフの誘い。

「暇な時は誘いに来い。社員食堂よりはいいとこ連れてってやるから」

俺が企画室まであなたを誘いに行けるわけがないのに、その言葉だけで嬉しい。

「和田さん、藤代クンと仲いいんですね」

「ああ、可愛がってるよ。お姉様達も可愛がってるんだろう?」

「当たり前じゃないですか」

会話をすぐに他の人に持って行かれてしまっても、この人が俺に声をかけるためにここへ来ただけで幸福。

「またな」

という言葉を残して彼が去って行くと、みんなが自分をあの人の『特別』だと思ってる目で俺を見た。

「いいわねぇ、藤代くん、和田さんとお友達になれて」

「やっぱり男は親しくなるのが簡単よね」

「今度『総務の今野さんは優しい人です』くらい宣伝しといてよ」

「あら、それなら私だって、料理が上手いくらい言っといて」

「はあ、でも俺企画室行ってもあんまり話とかしないんで…」

「ウソばっかり。だって今声かけてくれたじゃない」

「社交辞令ですよ、和田さんは優しい人だから」

羨ましい、と思われることがちょっぴり自慢だった。

彼女達の方が恋には近い場所にいるのはわかっていたけれど、そんなこと気にしないでいられるほど浮かれていた。

その後は、夢のような日々ばかりだった。

廊下ですれ違っても気づいてくれるようになった。

本当にステーキにも誘ってもらえた。

何より、いつものようにかかってきた呼び出しの電話が和田さん本人からのものになって、焦って駆けつけると、絶頂イライラの時のはずなのに、菓子を渡す前に俺に笑顔を見せてくれた。

「藤代」

と、まるで菓子が届いたことではなく、俺が来たことが嬉しいかのように。

会議室へ入ると、ちゃんと椅子に腰を下ろして俺を見てくれる。

「菓子代も払わないとな。俺は随分食ってるだろう」

なんて言葉も貰えた。

「とんでもない、最初に一万円貰ったじゃないですか。忘れちゃったんですか？」

「覚えてるよ、一回断られた」

「あれがあります」

本当はそんなお金、とっくに全部使っていた。貰ったお札は取ってあるけど。

でも和田さんはお菓子のことには疎いから、その言葉が嘘だとはわからない。

「この頃、藤代が菓子に見えてきたよ」

と笑って、菓子を差し出した手を握られることもあった。

反対に、総務では呼び出される度に喜び勇んで飛んで行く俺に、可哀想という女性陣の声が大きくなった。

「何かさ、いいようにコキ使われてるって感じよね。いくら何でも藤代クンは企画の人間じゃないんだし」

「そうよねえ、いくらエリート集団だからって、こう頻繁だと目に余るわねぇ」

「藤代クンはウチの子なのに」

それが優しさと、わずかな嫉妬だということはわかっていた。

「でも大した仕事じゃありませんし…」

「大した仕事じゃないから怒ってるんじゃない。簡単なものなら内部でやればいいのよ。総務は雑用係じゃないんだから」

「でも、呼ばれれば仕事ですから」

「課長に言って、文句言うようにしてあげようか?」

「そんな、とんでもない」

「それとも、藤代クン、実は企画室に異動希望とか?」

「そうよねぇ、男の子だもんねぇ」

「それはないです。俺はここの仕事好きですから」

ちょっとした厭味の風を受けることがあっても、もう気にならなかった。

何より、そんな言葉を幾ら投げかけられようと、一度和田さんに呼ばれればそんなことみんな忘れてしまえたから。

けれど、幸福は長くは続かない。上ったものはやがて下りなければならないように、その楽しい日々はすぐに終わりを告げてしまった。

まるでマッチ売りの少女の夢のように、マッチが燃え上がって消えるまでの短い間くらいで。

「おかしいな…」

突然、俺は企画に呼ばれなくなってしまったのだ。

「今日でもう十日も経つのに」

今までは、一週間に一度くらいの割合で呼ばれていたのに、内線はもう俺を呼ぶためには鳴らなかった。

仕事が忙しくなければ当然彼が徹夜をする必要がない。徹夜をしなければ菓子を欲しがることもなく、俺が呼ばれることもない。

その仕組みに、俺は今更ながら気づいた。

自分と彼の親交は、その関係の上にだけ、成り立っていたのだ。

どんなに優しくされても、覚えてもらっても、所詮企画のエリートと総務のぺーぺーでは接点がないのだ。

それに、どこか他に食べに出てるらしく、彼は社員食堂にも姿を現さなくなってしまった。姿を見ることとすらできなくなったのだ。

一度甘い夢を見た後だから、余計に寂しさが募った。

覚えてもらって、声をかけてもらえるようになったのに、プッツリと全てが終わってしまうなんて。

これから先どうすればいいのだろう。

ロッカーの中に菓子は買い置いていた。けれど彼のために安くはないものを買い揃えていたので、それ等はすぐに食べられなくなってしまう。

でもいつか呼ばれるかもと思うとまた新しいものを買って、またダメにして、それの繰り返し。

ひょっとして、またどこかに調査とか買い付けとかに出張してるのかと思って、先輩達にそれとなく尋ねると、そんなこともないようだった。

「朝、玄関で会ったわよ」

「相変わらずあそこは忙しそうね」

身体を壊したから、徹夜を止めたのかな。

だとしたら俺はこのままお払い箱なんだろうか。

あんなに時間をかけてやっと築いたものを、全部失ってしまうのだろうか。

自分から、何の用事もなく企画に行くことはできなかった。彼は『誘いに来い』と言ってはくれたけれど、まだそこまでの関係じゃないから。

会いたい。でも会えない。

「藤代クン、内線二番」

と呼ばれる度、もしかして今度こそ企画からでは、と思うのだけれど、それはいつも空振り。

やがて俺は自分の役目が終わったのだということを思い知らされた。

彼はもう俺を必要とはしなくなったのだ。

あんなに親しくならなければよかった。夢を膨らまさなければよかった。

彼と切り離されることがこんなに辛くなるとわかっていたら、欲なんか出さなかったのに。

でももう遅い。

俺の頭の中は和田さんのことでいっぱいで、彼を『好き』という気持ちを消すなんてできないのだ。

彼を餌付けるとか、親しくなるとか、そんな壮大な夢は虚しく消えたのだ。

もう彼との距離は時間と共に離れてゆくだけだろう。

周囲に優しくしてくれる人はいっぱいいるのに、俺は一人だった。

泣きたいほど、一人だった。


「藤代くん」

会社の正面玄関。その声が俺を呼んだのは、俺が企画室に呼ばれなくなって一カ月も過ぎた頃だった。

「前田さん。お久しぶりです」

思わずそう言ってしまったけれど、一カ月くらい会わないのは自分達にとっては元の状態に戻っただけなのだと気づいて、ちょっと反省する。

「もう帰るの？」

「はい。前田さんは今戻ってきたところですか？」

「ああ、そう。…ね、今いいかい？」

「いいですよ、何か用ですか？」

彼でなくとも、同じ企画の人に用事を言い付かれば、彼の姿を見ることができるかもしれない。そんな淡い期待を、俺はまだ抱いていた。

だが前田さんは俺をフロアの隅まで引っ張って行くと、突然真面目な顔でこう言った。

「あのさ、余計なことだとは思うけど、君、和田さんとケンカしたの？」

「は？」

思いもよらなかった言葉に思わず驚きの声を上げる。

「いいえ、そんな、ケンカなんて…」

できるほどの仲じゃないですよ。

「そう？　じゃ、今和田さんが荒れてるの知ってる？」

「荒れて…る？」

「ここんとこずっと働きづめでさ、休みもあんまり取らないいんだよ。わかってると思うけど、そうなると不機嫌全開で」

忙しい…？

「なのに君を呼ぼうって言うと、『藤代はもう呼ぶな』の一点張りで」

「俺を…、呼ぶなって言ったんですか？」

「うん、そう。思い当たることない？」

胸が、ぎゅっと鷲掴みにされる。

苦しくて、何かを考える前に泣きそうになる。

「…いいえ。そんな…」

呼ぶ理由がないから呼ばれなかったんじゃない。会いたくないから呼ばれなかった。

「藤代くん？」

目の前が真っ暗になるって、こういうことを言うんだろうか。

「思い当たることなんて…、ないです」

俺が親しげにし過ぎたんだろうか。下心に気づかれたのだろうか。

ひょっとして、俺が彼を好きだとわかって、気持ち悪いと思われてしまったんだろうか。

思い当たることと言ったら、そんなことしかない。でもそれは前田さんには言えない。

「うーん…。じゃあさ、ちょっと一緒に来てよ」

「前田さん」

「いいから。あの人が一人で煮詰まってるんなら、恋人の顔見れば簡単に折れてくれるでしょう」

待って、俺達は恋人じゃないんです。

あれは芝居です。和田さんはその芝居のことすら知らないんです。

けれど俺にはそれを告白する勇気もなくて、このまま引っ張られて行けばあの人に会えるかもしれないというあさましい心があって、そのまま前田さんに手を取られて企画室まで連れて行かれた。

「いい加減にしろっ！　たかがそれだけの仕事に何時間かかってるんだ！」

廊下まで響く和田さんの声に、前田さんが俺を振り向いて『ね？』という顔をする。

「白井、試算表は今日までって言ってあっただろう！」

「…そんなの、できません」

「できないじゃない。やる努力をしろって言ってるんだ！」

彼の怒声を、俺は初めて怖いと思った。

自分には止められない。ああ、そうだ。俺は今菓子も持ってないじゃないか。

「ちょっと待ってて、呼んでくるから」

「前田さん、でも…」

「でさ、悪いけどそのまま連れて帰ってよ」

「でも…」

俺にはできないかもしれません。もっと怒らせるだけになるかも。

だって俺は彼が望むものを何も持ってない。

ただの『俺』だけじゃ、あの人は必要とはしてくれないんです。

けれど彼は廊下へ俺を置いて、部屋の中に消えてしまった。

「前田、何時《いつ》までかかってるんだ！」

声だけが聞こえる。

「すいません、ちょっと手間取って」

「ちょっと？」

「それより、すぐ来て下さい」

「用件はなんだ」

「いいから、来て下さいって」

「前田！」

彼が声を張り上げる度に、自分が怒られているかのように身体が震える。

「お願いしますよ、ほんの一分、いや三十秒でいいんです」

「…三十秒だな」

近づいてくる気配。

会いたい人のはずなのに、逃げ出してしまいたい衝動に駆られる。

でもそれもできなくて、突っ立っていると、開いたドアから長身のシルエットが現れた。

「…藤代」

言葉が出なくて、つい深々と頭を下げる。

「前田！」

「それじゃ、また明日ってことで」

彼の背後でバタン、とドアが閉じる。

「前田！」

ああ、やっぱり彼は俺に会いたくなかったんだ。だから俺をここに連れてきた前田さんを怒ってるんだ。

そう思うとまた涙が出そうになる。

「何でここに」

「…前田さんが、ケンカしたんじゃないかって気を使って下さって」

「用はない。帰っていいぞ」

ついこの間までは、どんなにイライラしてても俺を見て微笑んでくれていたのに、今は帰れというのか。

「藤代？」

俺は彼に縋り付いた。

「ここにはお菓子持ってないんですけど、家に戻れば沢山あります。だから一緒に来て下さい」

「藤代…」

「お願いです。今日だけでもいいから」

「前田が頼んだんだな…」

目が合うと、彼は酷く狼狽した顔で大きなため息をついた。行きたくないけれど仕方がないというように。

「…わかった。行くよ」

きっとこれが最後。

二人きりになってしまったら、きっともう『お前はいらない』と言われるのに決まってる。それなら、せめてもう一度だけでも長く二人でいたい。

菓子はちゃんとまだロッカーに新しいのが残っていたけれど、俺は彼を家へと誘った。

これが最後なら、それくらいのワガママは許されるだろうと思って。


帰る口実だけでついてくるのかと思った。

会社を出たら、これでいいだろうと離れて行くかとビクビクした。

でも和田さんは黙ったまま俺と一緒にタクシーに乗り、車内では眠ったように目を閉じて俺の部屋までついてきてくれた。

ドアのカギを開け、どうぞと彼を中へ促す。

和田さんはやっぱり黙ったまま奥へ入り、キッチンに立ったまま俺を睨んだ。

「何日、寝てないんですか？」

「完徹が三日、四時間くらい寝たのが二日かな」

「そんな、身体壊しちゃいますよ」

「ここんとこはずっとそんなもんだ」

それでも、俺を呼んでくれなかったんですね。もう必要なくなったから。

「奥へどうぞ」

「ここでいい」

「お茶くらい入れますよ。座って下さい」

「奥にはベッドがあるから困る」

「別に…」

ああ、そうか。寝てないから、ベッドがあると眠ってしまうと思っているのか。そして俺の部屋へはもう泊まりたくないと思ってるんだ。

「灰皿買ったんです和田さん用の。もう一度来るって言ってくれたから。タバコ、吸ってもいいですよ」

青い、奇麗なガラスの灰皿だった。

何軒も回って、あなたのためだけに買ったんです。もう二度と使われないのなら、一度だけでも使って下さい。

「俺の…か?」

「俺、タバコ吸いませんもん。じゃ、今お菓子を出しますね」

シンクに寄りかかるようにして立つ彼の横に灰皿を置き、買い置きのチョコレートを取り出す。

ロッカーのと、そろそろ入れ替えようと思って買ったトリュフチョコだ。

「ほら、美味しそうでしょう？」

金色の箱を開けて、そっと彼に差し出す。

食べてくれますよね？

俺は必要なくても、これは必要でしょう？

いつもなら、それを全てポイポイッと口の中へ立て続けにほうり込むのに、彼は俺の目を見たまま一つだけ取って口に入れた。

「…ダメだ」

ポツリと彼が呟く言葉。俺の差し出すチョコも、もう食べてくれる気がないのか。

そう思ってまた涙が滲みそうになった時だった。突然、彼の大きな手がチョコレートの箱を持った俺の手を摑んだ。

「和田さん？」

あまりに唐突で、強い力だったから、箱の中身がバラバラと床に散る。

「あ…」

けれど次の瞬間、もっと強い力が俺を硬いキッチンの床へ押し倒した。

「和田…」

口の中に広がる甘いチョコレートの味。

柔らかくて、熱い感触。

「ん…」

何故？

どうして？

「あ…」

大きな手が、俺の服を脱がす。

甘い唇が逃げようとする俺の唇を追いかける。

徹夜し過ぎるとそういう欲求が出るの？

それとも何かの嫌がらせ？

「ん…っ、ん…」

和田さんに、『好きだ』と言われたことは一度もなかった。

彼が男性を好きだという話も聞いたことはなかった。

前田さんは俺とのことを誤解したけれど、それは彼が他にそういう相手がいないから、菓子で俺に懐く彼の態度を誤解しただけ。

なのにどうして、あなたは俺にこんなことをするの？

「あ…」

怖いのに、抵抗ができない。

抵抗をしたくない。

これがどんな理由であっても、気の迷いでも、苛めでも、溜まってる欲求の捌け口であっても、俺にこの手は拒めない。

「あ、あ…っ」

ファスナーを下ろしてズボンの中に入ってくる手が自分の股間を摑む。

はしたないほど感じてしまう快感に、思わず彼にしがみつく。

ゾクッと駆け上がってくる痺れに、ソコが反応する。

けれど彼は何も言わなかった。

乱暴にキスを繰り返し、ボタンを引きちぎるようにシャツをはだけさせるだけだった。

逃げなかったら…、このまま最後まで彼の言いなりになったら、和田さんは俺から離れなくなるだろうか。

とっさに頭の中を過《よぎ》る悪い考え。

落ち着いて、元に戻った彼ならば、この行為をちゃんと『悪いこと』だと認識するだろう。

好きでもない男に手を出したと反省するだろう。

俺が彼を『好き』と言わないで、その暴力に屈したのだと思わせたら、すまないと思って俺の側にいてくれるかも。

そんなの、考えちゃいけないことだった。本当に彼のことを思うのなら、気の迷いでこんなことをさせないように、必死で抵抗しなくちゃいけないはずだった。

でなければ正気に戻った彼がどれほど苦しむか。

けれど、俺は誘惑に負けた。

ここまでしていて、彼が正気に戻ったら、きっと反対にすまないからもう近づかないと言うに決まってる。

それくらいなら、たとえ心がなくてもこのまま抱かれたい。

悪いことだ。

いけないことだ。

そう思うから余計に彼の手に感じてしまう。

「ん…っ」

抗うフリをして、自分で足に絡まったズボンを脱ぎ、彼のくれる愛撫に甘い声を上げる。

けれどそんな邪《よこしま》な考えさえ、すぐに俺の頭の中から消し飛んだ。

好きな人に犯される、という行為が想像していた以上に怖いものなのだと知って。男女の営みも、男同士の性交も、知識としては持っていた。

自分で欲望を捌《は》かしたこともあった。

でも、実際に人と肌を重ねるのは、実はこれが初めてだったのだ。

彼の手は、自分の手なんかとは全然違う感触を与える。

もう何度か触れてもらったことのある指なのに、それがいつもは服の下に隠された場所であるというだけで、こんなにも感じ方が変わるものなのかと驚くほど。

俺が声を上げないことに気づいたのか、唇よりもっといいものを見つけたのか、和田さんの舌が胸に移動する。

「…ひっ」

小さな突起を含まれて、舐められて、初めて味わう官能に力が抜ける。

芝居でも誘いでもなく、思わず彼の背に爪を立てた。

だが彼はまだスーツを着たままだから、それが引っ掛かることはない。摑めば摑むだけ、ずるずるっと手が外れてゆく。

「や…」

その舌も、すぐに胸を指へ譲り、もっと下を目指す。

どこへ行こうとしているのかがわかると、俺はついに声を上げてしまった。

「いや…っ」

怖い。

これで彼が正気に戻って、この行為が終わってもいい。

こんな波には耐えられない。

「和田さん…っ」

舌が望みの場所へ到達し、そこを濡らした。

「あ…」

顔が熱い。

息が苦しい。

背中が痛い。

けれど快感は澱みなく自分を襲い続ける。

「あ…、ん…っ」

頭の中が白くなって、感覚だけに全身が支配され始める。自分の意思で動くのではなく、彼が与える感覚に反応して身体が動くのだ。

自分が、どうにかなってしまいそうだった。彼と恋をしたいと思っていて、恋が成就した後に何が待っているかを知らない年でもないのに、この気持ちよさは予想もしていなかった。

ズボンを脱がなければよかった。

そうすれば脚を開かされることもなかったのに。けれどもう下半身は纏うものもなく、全てが彼の目の前に晒されている。

それを考えると、また身体が震えた。

「止めて…、お願い…」

頭がおかしくなりそうだ。

このままでは彼の口の中に自分の欲望を放ってしまいそうだった。

そんなこと、できるわけがない。あの和田さんの口に自分のものが流れ込むなんて…。なのにそのことを考えると、快感は余計に強くなった。

「許して…」

胸を弄っていた手が、その言葉に応えるように離れてゆく。

ようやく終わるのか、彼が正気を取り戻したのかと思ったのもつかの間だった。

手は床に落ちていた何かを探り、それを開いた脚の奥に埋め込んだのだ。

「…あっ！」

思わず出てしまった大きな声。

異物は小さい物だったけれど、ゴツゴツとした感触だった。なのにそれが身体の中で柔らかく溶けてゆく。

「な…に?」

俺の前を咥えていた彼の口が後ろへ動きその場所を舌で舐めた。

「…甘いな」

彼のその一言で、俺は入れられた物が何であるか気づいた。

チョコレートだ。

さっき床に散らばせたチョコレートを突っ込まれたのだ。

ではやはりこれも、徹夜の代償行為の一つなのだ。

「いや…」

舌がそこを舐《ねぶ》り、窄めたまま奥まで差し込もうとする。

それを拒むために脚を閉じたが、手が前を擦るから力が抜ける。

せめて…。

せめて嘘でもいいから『好き』と言って。そうすればこの恐怖もみんな消えるはずだから。初めてのこの感覚を、受け取るべきものだと思えるから。

なのに彼はやはり何も言ってはくれなかった。

それどころか、身体を起こすと、いきなり俺の脚を摑んで引き寄せた。

「何…？」

彼がいつの間にか自分の前を広げ、張り詰めたモノを見せている。それがひたり、と内股に当たった。

硬くなった肉塊。それが『俺を』でなくても、彼が何を欲しているのかがわかる変化。

そうだ。最初から、俺はいつもこの人にとって『誰でもいい』相手だった。偶然が彼の側に自分を置いてくれただけだった。

でも、ここまで『誰でもいいから』という理由で奪われたくなかった。

「いや…っ」

泣きながら首を横に振り、後じさる。

脚を摑まれたままだから逃げることはできないのに、ツルツルの床に指を立てて何とか彼から離れようとする。

あなたは好き。

あなたが好き。だから嫌。このまま抱かれたくない。好きでもないのに、その手を伸ばさないで。俺は簡単にあなたに負けてしまう。このままでもいいかと思ってしまう。

でも、それじゃあなたは俺が誰にでも身体を許す人間だと思うでしょう？　それだけは嫌。俺はあなたが『好き』なんだ。

和田さんが好きだって気持ちが伝わらないまま、あなたに抱かれるなんて…。

「逃げるな」

覆いかぶさる身体。のしかかる重み。

手が俺の入口を探り、内側を開く。

「いや…っ！」

溶け残ったチョコレートを掻き回すように内側で指が動き、言い難い甘みが広がる。

気持ちよくて、抵抗ができなくなってしまいそうだった。そうなれば自分を貶めるだけだとわかっているのに、やっぱり相手が和田さんだと思うと、落ちてしまいそうだった。

「あ…っ、んん…」

自分の不甲斐なさに涙が零れる。こんなにも、俺は快楽に弱い人間なんだろうか。

どうして彼を突き飛ばして逃げることができないのだろう。

「や…ぁ…」

…そんなの決まってる。彼が好きだからだ。怖くても、性欲の捌け口でも、好きな人に抱かれることが嬉しいからだ。

彼は快感に身悶える俺を指だけでさんざん蹂躙した後、自分のモノをあてがってきた。

抵抗に疲れ、快感に溺れきった俺には、それを拒む力はもう残っていなかった。

彼が一方的に身体を進め、侵入を始めた時も、痛みで身体を強ばらせたが、悲鳴すら上げられなかった。

むしろ、嬌声を上げぬように唇を噛み締めるだけだった。

「んー…っ！」

身体の中に感じる生々しい異物感。

力を入れると、それが入口の辺りで止まる。指がくれたような快感はなく、ただ痛むばかりの存在。

「…抜いてぇ…」

そのセリフを言うのは恥ずかしくてたまらなかった。彼が中に在ることを認めるセリフだったから。

けれど言わずにもいられなかった。辛くて、苦しくて。

なのに…。

「藤代」

この人は…ズルイ。

こんな時になって俺の名前を呼ぶなんて。

突っ込む先が誰であってもいいクセに、ここまで来て俺を認識してしまうなんて。

「…藤代」

最後の力が抜けてゆく。

それを待っていたかのように彼が深く沈み込む。

「あ…」

腕が背中に回り、しっかりと抱きかかえられた。まるで愛しいといってるかのように。

欲望は身体を抉るように深く進み、俺を貪り続けているのに、その手はあくまでも優しかった。

「藤代」

身体を貫く痛みではなく、自分の名を呼ぶ声で身体が蕩ける。そして彼の手がもう十二分に硬くなっていた俺のモノを優しく握り、扱き始めると、あっけないほど簡単に俺は彼の手を汚した。

「ああ…っ、や…っ、あ…っ！」

飛び散る雫が彼の腹を汚す。

それを見て彼が喉を鳴らし、己の最後を遂げようと、再び俺を貫いた。こっちのことなんか考えてられないという激しさで、何度も、何度も。

俺の身体の中に、熱の全てを溢れさせるまでずっと…。


「言い訳はしない…」

キッチンの床の上で指一本動かせなくなった俺の身体を、和田さんは壊れ物でも扱うかのようにそっと抱き寄せた。

「できることじゃないからな…」

すまなさそうな切ない声で謝罪しながら。

「…いいです。寝てなくて…気がたってて…それで…」

何とか、平気なフリがしたかった。傷ついていると知られたら、彼が離れてゆくと思っていたから。でも上手くできなくて涙が零れてしまう。

「…ごめ…、待って…」

慌てて泣き顔を隠そうとした手を、彼は簡単に捕らえて引きはがした。

「謝るな。謝るのは俺の方だ」

「いや…っ！　謝らないで！」

「藤代」

「もう終わりにしていいから、忘れますから、俺に謝罪しないで！　俺は…、俺はまだあなたにお菓子を届けに行きたいんです。謝ったらもう会わないつもりなんでしょう！」

「…そうだ」

目を開けると、そこに苦しそうな彼の顔があった。息がかかるほど近くに。

でも彼はこれが最後だと言う。

「もう…、お前には会わないし呼び出しもしない」

あんなことをしておきながら勝手に別れると言う。

「ひど…」

「酷いことをしたのはわかってる。俺だって、もう少し自分は我慢がきくと思ってた。寝てないことを言い訳にしても仕方ないが、こんなところで二人きりになったら、タガが外れたんだ」

今度こそ、本当に突き放された。この人に『いらない』と言われてしまった。

「いや…、お前が部屋へ誘った時に、断るべきだったたんだ。自分がこうするかもしれないってわかってたんだから」

涙が零れる。

今までこんなに泣いたことないというくらい、ボロボロと止まらない。それがこの人を苦しめるとわかっていても、もう止めてあげられない。

「泣くな…。また悪いことをしそうになる」

「止まら…ないんです」

「すまん…。お前があんまり無防備に俺に近づくから、勝手にお前を自分のもの扱いにしてた俺が悪い」

「備品…、ですか？」

「ああ。なくならないものだと思ってた。ずっと、お前は俺のところに喜んで来てると思い込んでた」

「…喜んで行ってましたよ」

「もういい、嘘をつかなくても。ちゃんと聞いたんだ。大した用事でもないのに呼び出されて困ってるって」

「そんなこと…！」

言ってない。先輩達はそう言って気遣ってくれたけれど、俺は言ってない。

「お前が離れてくと思ったら、我慢ならなくて自分からちゃんと終わりにしようと思ってたのに。顔を見たら我慢できなかった…」

え…？

「睡眠不足の俺を、みんながケダモノのようだと言ったが、正にその通りだったな。いくら好きだからと言って、相手の意思も確かめずに強姦するような人間は、ケダモノ以下だろう」

待って…。

今何て…。

「和田さん…、俺を好きなんですか？」

止まらないと思っていた涙が驚きのあまりピタッと止まってしまう。

「好きだ。もうずっと前からな」

「そ…んなこと一言も…！」

「言ったらもう来なくなるだろう。それに、ケダモノの時にしか会えなかったんだから、そんなこと口にしたら会議室で同じことをしてたよ。一度…やりかけたな」

苦笑する顔。それが嘘だとは思えない。

じゃあ、いつもお菓子を食べてすぐにいなくなってしまったのは、そのため？　あのクッキーを食べてた時、本当にキスしようとしてたの？

「そうでなくても、この部屋はダメだ。お前が…俺にキスしてくれた部屋だから。いや…水の口移しか」

「そ…それ…っ！」

焦る俺に彼が苦笑する。

「気づいてたよ。手も上がらないほどしんどくてよかったって思った。でもそれくらいにはお前も俺のことを好きでいてくれるんだと思えたから、少しずつ気持ちを表に出してたんだが…。自分がお前に命令できる立場だってことを忘れてた。企画のチーフが呼び出せば、嫌でもお前は来るんだ。俺でなくても、誰でもその地位にいる人間だったら」

夢は…、見ない方がいい。大きくなり過ぎると欲望も大きくなるから。手に負えないほど大きくなってしまったら、自分でどうすればいいのかわからなくなってしまう。

「二度と会わない。約束する。もうこんなことはしない」

自分の膨らみ続ける夢ばかりにハラハラして、彼が同じ気持ちでいるかも、なんて考えなかった。

「…いや」

「藤代？」

またじんわり出てきた涙に、彼が慌てる。

「約束はしないで」

「だが…」

「俺も…、ずっと和田さんが好きだからお菓子を届けに行ってたんです」

この幸福が現実になるなんて、一度も考えなかった。絶対の上に絶対を付けなきゃならないくらい、叶わないことだと思ってた。

「俺の方がずっと前からあなたが好きだったんです」

でもそれが叶うなら、俺は何でもする。何でも話す。

「俺があなたを餌付けたんです。俺のことを好きになれって。だから絶対に、俺以外の人からお菓子を食べないで」

誰もが憧れ、怖がる人が、子供みたいに驚きに目を見張り、疑うようにこちらを見る。だからちゃんとその目を見つめて命令した。

「約束して」

俺があなたの備品なら、あなたは俺の獣だ。俺に頭が上がらないって言ったでしょう？ だったら素直に頷いて、俺の言うことを聞いて。

「…わかった、約束する。お前の手からしか受け取らない。もっとも、今度からは菓子よりもこっちが欲しくなるだろうが」

まるで服従の証しのように、捕らえていた手にそっと触れる唇。

彼が俺のものになった瞬間。

だからもう一つだけ、俺は命令した。

「それから…。今度するなら…、名前だけでなくて『好き』って言って」

蚊の鳴くような小さな声で。

「好きだよ、藤代」

何よりも甘い、その返事に幸福を感じながら…。

ケダモノの正餐

好きな人と恋人になれた。

それは普通ものすごく幸福なことで、毎日がバラ色になるはずの出来事だ。

でも自分の場合にはどうなんだろう…?

我が社でトップクラスのエリートである開発企画課の和田《わだ》さんに、総務でお子様扱いされてる自分が『好きだ』と言ってもらえた時、確かに俺の心はバラ色だった。

社内でも男女共に人気のある、あの和田さんが俺のことを好きになってくれるなんて、考えたこともなかったから。

自分と彼との関係といえば、俺の一方的な憧れでしかなかった。

それが、偶然とはいえ、実は彼が徹夜続きになると凶暴になるとか、そんな時普段は口にしない甘い物が異様に欲しくなるとか、それをカッコ悪いからとみんなに隠していることを知ることができたのが、俺の幸運だろう。

みんなに内緒で甘い物をせっせと運び、その間に彼を餌付けし、彼を手に入れることができたのだから。

けれど…。

今、俺の人生は別にバラ色ではない。

まあ灰色でもないけど。

いうならば斑模様《まだら》？　白く平坦な日常に、時々灰色とバラ色が混ざるような。

灰色は仕事、バラ色はデートの時。

と言っても灰色の仕事は自分の仕事じゃない。

時々バラ色をブツッと切ってしまう灰色は、和田さんの仕事のことだ。彼の忙しい仕事が、俺から彼を取り上げて、楽しい一時を暗い孤独に塗り替えるのだ。

今日もそうだった。

やっと和田さんが都合を付けて、仕事終わりに食事に誘ってもらったのに、この後初めて彼の部屋へ来るかと言ってもらったのに、携帯の着信一つでそれは終わりだった。

「仕事、ですか？」

まだ食事も終わっていないのに携帯を見て立ち上がる彼に問いかけると、和田さんはすまなさそうな顔をした。

「ああ。すまん、何かトラブッたらしい。ここの支払いはしとくから、藤代《ふじしろ》はゆっくり食ってけ」

そりゃあね、ここの食事はとても美味しいですよ。でもそれだって、あなたが側にいるからなんです。一人で食べてたら全然美味しくなんかないんです。

「今夜は徹夜ですか？」

「多分そうなるだろうな」

でも俺には文句一つ言えない。

だって、俺は仕事をしてる彼が好きだし、彼がとても仕事を大切にしてるってわかってるから。

「頑張って下さいね」

と言うことしか。

「じゃあな」

頭をポン、と叩かれ、伝票を取り上げ、そのまま彼は出て行ってしまった。

ちょっと洒落た創作和食の店、テーブルの上には湯葉の刺し身とか、百合根の蟹グラタンとか、ラタトゥイユ風野菜の煮浸しとか、美味しそうなものがいっぱい並んでいるのに、俺の目は去ってゆく背中に向けられる。

もう少し、一緒の時間ができればいいのに。

それがワガママだとわかっていても、アレ以来一度も『そういうコト』もなく、仕事も部署が別だから会社で会うこともない。

時々こうして一緒に食事をするか、彼の仕事が忙しくなった時に甘い物持ってこいと内線で呼ばれるかのどちらかなのだ。

まあ呼び出されれば、企画の人達が俺達のことを恋人同士と誤解して（今ではそれが事実なんだけど）、二人きりにしてくれるけど。結局その時も彼は甘い物を食べるのに夢中だし、ドアの外には他の人達がいるから何かできるわけでもないし。

特別に目はかけてもらっている。

特別に優しくしてもらってる。

でも自分が和田さんの恋人である自信は、まだあんまりなかった。

「好き、とは言ってもらったんだけどなぁ」

一人きりで食べる食事。

ほんの少し感じる不安。

けれど俺は自分に言い聞かせた。

大丈夫、自分は和田さんの恋人なのだから、と。


「そんなの恋人じゃないわよ」

時計の針が五時に近づくと、総務には急にお化粧のいい匂いが漂い始める。

「たった一回寝ただけじゃねぇ」

それは総務のお姉様方が、アフターファイブのために身だしなみを整えるからだ。

「第一、好きだって言ってくれただけじゃ信用できないわ」

「そうよ、口だけなら何とでも言えるもの」

ウチの総務は女性が多く、俺以外の男性陣は年配の人が多いから、こう言っては何だけど女性陣が権力を握っていると言ってもいい。

「そんなの、次の相手ができたら『好きだった』に変わって終わるだけよ」

なので、彼女達のその行動をとがめる者はいないのだ。

「男なんて仕事優先でさ。仕事さえしてれば自分はいい男だとか思ってるわけよ」

「そうそう。仕事と私とどっちが大事って言うと、バカ見るみたいな目で見てさ。そんなこと言わせるほどお前が甲斐性がないんだってわかんないのよ」

「甲斐性があれば、そんなこと聞かないわよねぇ?」

「そうそう、仕事も恋も両立できなきゃ。デートの途中で『あ、仕事だ』なんて出て行くような男は最低よ」

「ねぇ、そう思うでしょう?　藤代くん」

頭の上を飛び交う会話に、巻き込まれないように注意していたのに、やっぱり声をかけられてしまう。

今日の話題は林《はやし》さんの新しい彼のことなのだが、どうも自分のことを言われているような気がして避けていたというのに。

「ね、どう思う?」

「いや、俺は…」

わかってる。こういう時は男としての意見を求められているのではなく、男も私達に同意するわよね、と聞かれてるだけなのだと。

「藤代くんは、仕事と彼女とどっちを大事にするの?」

曖昧に笑ってごまかしたかったのに、五人のお姉様方に睨まれてしまっては、逃げ道をなくしてしまう。

女の人が団結してる時には、敵側に回らない。これは俺がここで覚えた身を守るための術の一つだ。

「俺は選べないですね」

「どうして?」

「だって、彼女を大切にするなら仕事して稼がなきゃならないし、仕事だけしてても恋人がいないと寂しい人生じゃないですか」

本心ではあったのだがその答えはお気に召さなかったのだろう。

「まあ優等生な答えよね」

女性達は全員、ふぅんという顔をした。

「藤代くんは、恋人いないの？」

「秘密です」

「藤代くんはそれどころじゃないわよね」

ここで一番古株の池内《いけうち》さんは、にやりと笑った。

「何ですか？」

嫌だなぁ、この人いつも俺のことを可愛がってはくれるんだけど、オモチャにもするんだから。

「ここんとこ、また企画に呼ばれてるらしいじゃない」

「はぁ…」

「君、企画に異動願い出したいんじゃない？」

「は？」

「えー、ウソ。異動するの？」

「行きませんよ！　どこからそんな話が…」

「だってよく企画行くじゃない。社内でも有名よ、君が企画の和田さんに可愛がられてるって。あれはきっと補佐で引き抜くつもりなんだろうって」

またその話か…。

俺が企画に通い出してから、何度も出た話題だ。

「俺は総務の仕事が好きですし、企画には向いてないんです。ただ企画の方達が忙しい時に雑用を頼まれてるだけです」

「企画、女の子が一人寿《ことぶき》退社で辞めたのよ。それで欠員が出たの。だから異動の時期じゃないけど人員の補充があるらしいわ」

知らなかった。

さすがに社内の情報収集一番の部署だ。

でも俺には関係ない。

「だとしても、辞令が出ない限り自分からここを出て行くつもりはありませんよ。お姉様達が俺を追い出したいって言うなら別ですけど」

「あらやだ、そんなことあるわけないじゃない」

「そうよ。藤代くんはみんなの弟なんだから」

「そうそう。どこへも行かないでって意味よ」

「それならもうそんな話しないで下さいね。俺はここで頑張るって決めたんですから。これ以上言われたら『出てけ』って言われてるのかと勘違いしますよ」

丁度その時内線電話が鳴ったので、会話はそこで中断した。

「はい、総務」

『あ、よかった。藤代くん？　白井《しらい》よ。悪いけどまた来てくれる？』

電話は総務の女性からだった。

もちろん『また』というのは、徹夜が続いた和田さんの機嫌が悪くなったって意味だ。

「わかりました、すぐに行きます」

俺は電話を切ってお姉様達に気づかれないようにそっと引き出しから用意していた菓子を取り出し、ポケットへ突っ込んだ。

「企画からの呼び出しなんで、ちょっと行ってきます」

「藤代くんの気持ちはわかったけど、向こうがどう考えてるかどうかわからないから、注意して行ってくるのよ」

「誘われても断るようにね」

「私達も死守してあげるから」

こんな俺が、社内で一番エリートが集まる部署から誘われるなんてことがあるわけないのに。

ある意味愛されてる気がしてちょっと気恥ずかしくなりながら、俺は部屋を出た。

そろそろ来る頃だと思っていたのだ。

この間デートの最中に呼び出された後、『しばらく忙しくなる』ってメールが来ていたから。

俺はエレベーターで企画のフロアへ向かい、社員証をリーダーに通し、その奥へ。

いつもの部屋で、いつもの通り、みんなは戦々恐々として俺が来るのを待っていた。

「藤代」

前田《まえだ》さんが俺に気づいて振り向く。

けれど当の和田さんはパソコンに向かったままだ。

「和田さん、藤代来ましたよ」

と声をかけられて、やっとこっちを向いた。

その時、見たこともない男がコーヒーを載せたトレイを持って入ってきた。

「ほら、一息入れて」

「皆さん、コーヒー淹れてきましたよ」

明るい色のスーツを着た、勝ち気そうな顔。きちんと後ろに撫でつけた少し長めの髪。

誰だろう…。見たこともない顔だけど…。

向こうもそう思ったのだろう、入口に立ったままでいる俺に、訝しむような一瞥をくれた。

「藤代、来い」

だが見つめ合った俺達のどちらもが口を開くより先に、席から立った和田さんが俺の頭に手を置いてグイッと引っ張った。

「うわわ…」

仰向けに引っ張られてバランスを崩す。

その身体が背中からすっぽりと彼の腕に入った。

「あ、和田さん。今コーヒーを…」

横を抜けようとする俺達に、コーヒーを持っていた彼が声をかけたが、もうこうなってる頃には飲み飽きてるってところなんだろう。

「いい。俺は別室へ行く」

と、にべもなく断ってしまった。

「でも…」

「ああ、いいんだ高辻《たかつじ》。和田さんはその子といるのがコーヒー飲むよりいい休憩になるん

だよ」

　前田さんがそう言っても、まだ彼はこちらを見ていた。

「ああ、彼が例の藤代くん」

と意味深な一言を零して。

だが和田さんは全く彼を気にかけていないようで、そのまま俺を連れ出して会議室に閉じこもった。

　カチリと音をさせてかかりるカギ。

「今日は何だ？」

「チョコです。中に薄焼きのラングドシャが入ってるんです」

　ポケットから持ってきた箱を取り出して開ける。

「ラングドシャ？」

「クッキーみたいなものですよ」

「クッキーは嫌いだと言っただろう」

「大丈夫です。チョコかかってるから、パサパサしてませんよ」

「ふん」

　もう自分は怖くないいんだけれど、相変わらず藪《やぶ》睨みの顔。美味しいんだか美味しくないんだかわからない。

俺は結構甘い物が好きなんだけど、この人にとってはきっとこれは単なる栄養補給なんだろうな。

「そう言えば、コーヒー持ってきた人、新しい人ですか？」

彼が菓子を幾つか口にほうり込んで一息ついたところで聞いてみる。

「誰？」

「出てくる時にコーヒー持ってきてくれた人です。見たことのない方だったので」

「見たことのない…？　ああ、営業から来たヤツだな」

「営業の人なんですか？」

「ああ。一人寿で辞めてな、手が足りないから応援頼んだんだ。高辻とか言ったな」

さっき聞いた話だ。

なんだ、じゃあもう補充は決まってるんじゃないか。

「本当はお前を呼ぶかとも思ったんだが、お前は企画志望じゃなかったしな」

「俺なんか、ここへ来てもあまり役に立ちませんよ」

「そうでもない。仕事は早いとはいえないが、丁寧らしいじゃないか」

「そんなこと、誰から？」

「女共から色々な」

女共、ね。簡単に口にするけど、彼が女性と親しく口をきいてるんだと思わせるその一言にちょっと引っ掛かってしまう。この人がモテるって知っているから。

「ん、食い終わった」

「え？　もう？」

見ると、箱にいっぱい詰まっていた菓子が全て空袋に変わっている。

本当にこの人は…。楽しんで甘い物を食べるんじゃないから、素早いこと。

「藤代」

「はい？」

彼は、名前を呼ばれて顔を上げた俺をそっと抱き締めると、軽く唇を合わせた。まだ残るチョコの味と香りがほのかに俺に移る。

ずっと、和田さんの秘密を知ってしまってから、俺は彼の餌係だった。

内線で呼び出されたら、彼の餌、つまりこうして甘い物を運んでくることだけが、俺の仕事だった。

だがそれが少し昇格して恋人になったんだなぁと実感できるのはこういう時だ。

「こっちの栄養補給もしておかなきゃな」

この人は、きっとこういうことにも慣れてるのだろう。キスしても顔色一つ変わらないのだから。

でも俺はすぐに赤くなってしまう。

「栄養って…」

「もう暫く今の一件で忙しいんだ。お前とゆっくりできるのはまだまだ先だろう」

「仕事、大変なんですか？」

「さっき言っただろう。一人辞めたって。デキちゃった婚なんで突然だったんだ。引き継ぎも何にもできなくてな。穴埋めが大変なんだ。一応時々は顔を出せとは言ってるんだが、あんまり調子がよくないらしくてな」

「お産って大変ですもんね」

「何だ、お前経験あるのか？」

からかうように彼がにやにやと笑う。

ワイルドなその顔は近くて、見慣れていても見惚れてしまう。

「そんなわけないでしょう。姉さんがそうだったのを見てたんです。ツワリとか酷くて大変だったんですよ」

「堀川《ほりかわ》もそうだって言ってたな。食い物の匂いを嗅ぐと気持ち悪くなるとか…。ま、何にせよそういうわけで当分は時間がないんだ。残念だよ、早くもう一度お前を味わいたいと思ってるのに」

「な…！」

笑いが消えないから、本気で言ってるんじゃなく俺の反応を楽しんでるだけなのだとわかるけれど、そういう言葉に慣れてないからやはり顔が赤くなる。

「お…、俺なんか、別に美味しくもないでしょうから、そんなに残念でもないでしょ」

と強がってみるのだけれど、彼の方が一枚上だった。

「美味いから、中途半端に食べられないんだろう。この間はガッついて食ったからな、今度はゆっくり味わいたい」

そう言ってまた彼は俺にキスした。

今度は抱き寄せられ、はっきりと舌に残る甘味が俺にわかるような深いキスを。

「残骸、片付けておけよ。今日のは美味かった。お前のキス付きだからかもしれないが」

向こうばっかり余裕があって悔しいとは思うけれど、俺なんかがこの人に太刀打ちできるわけがないから、ムスッとした顔一つで言うことをきく。

「わかってますよ。強面《こわもて》の和田さんがお菓子にメロメロなんて恥ずかしくてバレたくないでしょうからね」

精一杯の皮肉すら、彼は簡単にかわしてしまうのだ。

「メロメロなのはお前にだ」

そんな、こっちが恥ずかしくなるような一言で。

「仕事が終わったら、俺の部屋へ呼んでやるよ。その時はつまみ食いじゃなくたっぷり食わせてもらうからな」

そして菓子の袋を元の箱に詰め直してポケットへ突っ込んでる俺にそう言い残して、彼は先に会議室を出て行った。

もう振り向いてもくれない。

栄養補給が終わったら、もう用済みというわけなのだろう。でも、最後にくれた一言で、胸はほんのりと温かい。

「仕事が終わったら…、少しは甘い時間が過ごせるのかもしれないいな」

やっと恋人としての甘い時間が持てるのかも。この調子じゃそれが何時になるかはわからないけど。

その時のことを考えると、部屋に残る甘い匂いを消臭剤スプレーで消しながら、俺はちょっと顔を緩ませた。

「藤代さん？」

俺と和田さんがこもった後の部屋へ誰かが入ってくることなどなかったから、突然名を呼ばれ、ドキリとする。

振り向くと会議室の入口、さっき見た男が立っていた。確か営業の高辻という人だ。

「あ、はい。何でしょう」

別に変なことをしてたわけじゃないのに、妙にバツが悪くて緊張してしまう。

自分と同じ年くらいだろうか？　けれどどうしてだか、彼がこちらを見る視線は初対面の人間を見るものではない。何か挑むような、バカにしたような視線だ。

「君、総務だっけ？」

「はい、そうですけど」

答えると、彼は部屋に漂う香りを嗅ぐように鼻を鳴らした。

「あの…」

「君、和田さんに気に入られてるんだって？」

「…そう言われてますけど」

何だろう。

あまり好意的ではない気が…。

「あの人、君が来ると機嫌が直るんだって聞いたけど？」

「…俺にはよくわかりません」

彼はつかつかと歩み寄ると、今度は俺の匂いを嗅いだ。

「何するんですか！」

失礼だな、と思って一歩下がろうとすると、彼の手が俺の手を捕らえ、指を鼻先へ引き寄せた。

「チョコの匂いがする」

「な…」

「俺さ、一度あの人が夜の喫茶店で詰め込むみたいにケーキ食べてるの見たことあるんだよね」

「だから何なんです？」

「でもここへ来たら全然甘い物とか食べないって言うじゃない。何でなんだろうなあって思ってたんだよ」

嫌な感じがして手を振り解く。

彼はもう捕まえようとはしなかったけれど、まるで勝ち誇ったようににやりと笑った。

「よくわからないんだけど、あの人、実は甘い物好きなんじゃないの？」

それが事実でも、頷けるわけがないから黙っていると、高辻さんはそのまま続けた。

「それをみんなに隠してるんでしょう。どうしてだかわからないけど、君はそれを知ってる。そしてこっそり運んできてるんじゃない？」

「何を…」

「君は気づいてないみたいだけど、俺、何回か君とすれ違ったことあるんだよ。君がここから出てく時。いっつも甘い匂いのするヤツだと思ってたんだ」

どうしよう。

和田さんは、このことを知られたくないと思ってるみたいなのに。

「君が来るとあの人の機嫌が直るんじゃなくて、甘い物食べると機嫌が直るってだけじゃないの？　今もここに少しチョコの匂い残ってるし、わざわざそれを消そうとしてるし」

ここで彼はまた近づき、膨らんだ俺のポケットに無理やり手を突っ込んできた。

「何するんですっ！」

声を上げて抵抗したが、その途端菓子のパッケージがバラバラと床へ散った。

「やっぱり」

「これは…！」

慌てて拾おうと床に屈んだ俺の目の前で、高辻さんの足が空袋と箱を踏みにじる。

「君さ、あんまり誤解しない方がいいよ。所詮はたかがパシリなんだから。いい気になって企画に来てないで、総務の仕事をちゃんとしなよ」

「他人に言われなくても、自分の仕事くらいちゃんとしてます」

嫌がらせ？

「ま、ゴミ拾いはちゃんとしておくんだね。それが総務にはピッタリの仕事だよ。ここは君に似合わない」

どうして俺に。

「あなたは…！」

だが彼は言いたいことだけ言うと、踵を返して立ち去った。

何なんだ…。

何なんだ今の態度は。

俺はあんな男、全然知らないぞ。すれ違ったことがあるかもしれないけど、それが一体何だって言うんだ。

あんなヤツに目の敵にされるような覚えは…。

「あ…、和田さん」

今の彼の言葉を思い返す。

ひょっとしてなくても、彼は和田さん狙いってことか？

自分が男を好きになってなかったら、そんなこと考えもしなかったけれど、こうなってみるとよくわかる。

和田さんは男性から見ても、とても魅力的な人だ。高辻というあの男も、和田さんが好きになり、その側でウロチョロしている自分が邪魔だと思ったとしたら…。

睨まれるだろうな。

俺みたいに何の取り柄もないようなのが相手だと思ったら。

「でもあの人、ヘタに和田さんに変なちょっかい出さないといいんだけど」

彼が和田さんが甘い物を好きなことに気づいたような発言をしていたけれど、自分が初めてあの人の秘密を知った時、手負いの獣のような態度だったのを思い出す。

下手に突つくときっと、彼も同じ目にあうだろう。それどころか、俺が高辻さんにそれをバラしたと思われてしまうかもしれない。

そうなると、せっかく上手く行ってるのに、和田さんの機嫌を損ねてしまうかもしれないから、俺はそれだけを不安に思った。

いや、それだけではない。それよりも気になることがある。

もしも彼が和田さんの餌付けに成功してしまったら、和田さんに気に入られてしまったらどうしよう。

まだ自分が彼に愛されてるという絶対の自信があるわけではなかったから、誰かが今の自分の立場に取って代わるかもしれないというのが不安だった。

「高辻さんか…」

床に散った空袋を全て拾い上げ、俺は彼が出て行ったドアを不安げに見送った。

斑な幸福でもいいから、どうか自分のこの恋が、これからも続きますようにと祈りながら…。


もしも高辻さんが自分の恋のライバルだというのなら、その正体を知らなくては何にもならない。

かと言って、自分が諜報活動に向いてるわけがないから、俺はすぐに一番そういうことに向いている人達に頼った。

もちろん、相手は総務のお姉様達だ。

「営業の高辻？」

そしてそれは正解だった。

「知ってるわよ」

「結構格好いいのよね。まだ独身だから狙ってる女の子は多いんじゃないかしら？」

「確か、藤代くんと同期くらいよ」

「違う、違う、一つ上よ」

たった一言、『営業の高辻って人知ってますか？』と聞いただけで、彼女達の口は羽根よりも軽くなった。

「彼、海外事業部希望だったんでしょう？」

「研修がそうだったってだけで、元から営業希望だったみたいよ。でなければ企画がよかったって。まあ普通ウチに入ってくる人はそうよね」

「兄弟はいないみたい。彼女も。趣味がビリヤードだっていうベタな遊び人を気取ってるみたいだけど、私は好みじゃないわ」

「まあまあの出世株なんじゃないかな。でも計算高い感じ」

「私は好みよ、ソツなくていいじゃない。礼儀正しいし、ハンサムだし」

「あれは慇懃《いんぎん》無礼《ぶれい》って言うのよ。ああいうのが総務と秘書課の女を差別するタイプね」

「自信に満ちてるっていうんでしょ。あれはいいトコの出よ」

等々…。

総合すると、仕事はまあまあできる方で注目を集めてるけれど、女性の反応はキッパリ半分ずつくらい。

頭が回るタイプなので、それをカッコイイと思うか、うさん臭いと思うか、ってことだろう。

何にせよ、俺のことをわざわざ敵対視するような人間でないことはよくわかった。

ってことはやっぱり彼が俺を目の敵にする理由は一つしかない。思い違いであってくれれば、と思ったのに。

自分も男を好きなのに、男が男に惚れるっていうのがどういうものだか、まだよくわからなかった。

決してカマトトぶってるわけじゃない。

自分は和田さんが和田さんだから好きになったのだ。彼が自分の言葉を聞いて、背中を押してくれて、憧れるほど強くて、惹かれるほどケダモノで…。

ただカッコイイだけの男の人だったら、きっと彼の恋人になりたいなどと考えはしなかっただろう。

遠くから、憧れの人として見てるだけで満足だった。

けれど和田さんは、見かけだけの人ではなかった。近づいてしまったら、その体温に、考え方に、もう離れられなくなってしまった。

では高辻さんもそうなんだろうか？

彼も、俺の知らないところで和田さんと接点があって、彼のことが好きになったのだろうか？

そうだったとしたら、俺はそんな付き合いを知らない。それが寂しい。

あの人はいつも仕事ばかりで、恋人として認めてもらった自分でさえ、一緒にいる時間などほとんどないのに。どこで高辻さんと…、と勘ぐってしまう。

そうじゃなくて、彼が単にカッコイイ男の人を好きになるだけの、男性を恋愛対象にする人だったら…。こういうことには慣れてるということなのかもしれない。

それも怖い。

自分はハッキリ言って恋愛ごとには疎い方だという自覚があった。

でも話に聞く高辻さんは頭がよくて要領がいいらしい。きっと恋愛ごとにもそうなんだろう。

だとしたら、相手を口説く方法とかも、自分なんかよりいっぱい知っているかも。そんな人に迫られたら、俺なんかあっと言う間に飽きられてしまうんじゃないだろうか？

大体からして、和田さんみたいにカッコイイ人が俺みたいなのを相手にしてくれたってことが奇跡なのだ。

それもきっと、彼の仕事が忙しくて他に目を向ける相手がいなかったからとか、俺が彼の秘密を知ってるからとか、きっかけはその程度に違いない。

不安だった。

自分に自信なんてこれっぽっちもないから、突然現れたライバルに、足元を崩されるほどの不安を感じていた。

でもだからと言って自分がとれる対処法なんて一つも思い浮かばない。

電話をかけたり、メールをしたりするのは仕事の邪魔になる。ましてやデートに誘うなんてあり得ないし、彼の家を訪ねようにも家を知らない。

せめて呼んでもらえれば、顔を合わせることもできるのだけれど、何故だか高辻さんに声をかけられたあの日から、パッタリと内線も鳴らなくなってしまった。

会いたい。

会いたい。

広がってゆく不安を消すためには、彼の顔を見たい。彼に見つめられたい。軽くでいいから触れて欲しい。

たった一つの接点が取り上げられただけで、何だかもう終わりのような気がしてしまう。

臆病なだけだってわかってるけど、あの人はそんなに簡単に『好き』だなんて言わない人だって思ってるんだけど。理屈ではないのだ、この不安は。

総務の人間は、呼ばれない限り企画室に行くことはできない。ただでさえ、企画室は社内でも人の出入りの厳しい場所なのだ、機密保持のために。

だから、俺はただ鬱々と時間を過ごすだけだった。

会いたいなぁと心の中で繰り返し。

こうしている間に、二人が親しくなってしまうのだろうかと心配しながら。

そしてその心配はあながち外れてはいなかった。

一日が経ち、二日が経ち、三日が経っても呼び出しはない。

週を越えた頃に一度だけ内線が入ったらしいけれど、その時俺は別件で席を外していて、電話の内容も教えてもらえなかった。

今週も、このまま顔を見ることもできないのだろうなぁと諦めかけた頃、やっと企画の白井さんがコピーのトナーを取りに総務に姿を現した。

「藤代くん、悪いけどトナー二本くれる？」

「あ、はい」

言われてすぐに在庫を取りに行く。

品物を渡しながら、俺は企画室の状況を知りたくて、それとなく聞いてみた。

「もう週末なのに、企画は相変わらず大変ですね」

白井さんはそれを聞いて『そうなのよ』というようにため息をついた。

「まあねぇ。人手不足だから。何とか休みは取りたいと思ってたんだけど、二班に分けて休日出勤かな。あ、和田さんの休みは日曜よ」

俺と和田さんが恋人であることは、誤解からではあるのだけれど企画では周知の事実だったので、彼女はそう付け足した。

「いえ、別にそれは…。和田さん、イライラしてません？」

「それがねぇ、今回はワリとそうでもないのよ。営業からの手伝いが来たんで、慣れるまではいつもの罵声が飛ぶかと思ってたんだけど」

「それ高辻さん、ですか？」

「あら、知り合い？」

「いえ、そういうワケでは」

「いいわよね、彼氏。今、企画のアイドルよ」

「アイドル？」

彼女はこくりと頷いた。

「そうなの。仕事はまあまあなんだけど、差し入れが多くて。何だか、お友達のとこがケーキ屋だとかでね、しょっちゅう売れ残りのケーキを持ってきてくれるのよ。ここはコンビニも少ないし、夜食を手に入れるのが大変だからありがたいんだけど、女性としては困っちゃうわ」

困っちゃう、と言いながらも彼女はにこにことしている。女性としては体型に響く複雑な喜びなのだろう。

「今日も持ってきてくれたのよ。そうだ、藤代くんも食べてみる？」

「え？」

「山のようにあるのよ。これ、持ってくればいいじゃない。和田さんにも会いたいでしょう。こんな状態じゃデートもままならないだろうし」

彼女はトナーの箱を叩いて言った。

行きたい。

ほんのちょっとだけでも、和田さんの顔が見たい。

「そうですね、白井さんがそんなに美味しいって言うなら、俺もご相伴に預かろうかな」

誘惑に負けて、俺は箱を抱えた。

でも本当は行かない方がよかったのかも。

いそいそと白井さんに付いて行って、俺が見たものは、すっかり企画の人達に馴染んでいる高辻さんの姿だったのだから。

和田さんは自分のデスクに向かって、忙しくキーボードを叩いていたけれど、他の人達は彼が持ち込んだというケーキに手を伸ばし、彼と楽しく語らっている。

「和田さん、藤代くんが…」

「あ、いいです。仕事中だから」

俺のためにだろう、和田さんに声をかけてくれようとした白井さんを止める。

「あら、どうして？　せっかく来たんだから、顔見せていけばいいじゃない。今丁度お茶休憩だし」

「でも…」

俺だって、本当は会いたかった。

振り向いて名前を呼んで欲しかった。

でもそうしなかったのは、彼の隣に紙皿に載ったケーキが置かれていたからだ。

あれだけ甘い物が好きなことを隠していた和田さんが、みんなの前で高辻さんの差し入れのケーキを食べている。

そのことがショックだったのだ。

俺の手からだけ受け取っていたものを、他の人から受け取った。

結局、自分の価値なんてその程度のものだったのだと思い知らされたような気がして。

「今日は呼ばれたわけでもないですし、邪魔すると怒られちゃうかもしれないし」

「そう？　でもここのところそんなにおっかなくないのよ」

「仕事、キツくないんですか？」

「うーん、いつもと同じなんだけど……。まああんまり好きじゃないいんだろうけど、高辻くんのケーキでここんとこ空腹は満たされてるって感じだし、きっと君と上手く行ってるからじゃない？」

その言葉は、今の自分にはキツかった。

上手くなんて行ってない。

あの日以来顔も合わせてないのだから。

彼が平静でいられるために自分は必要じゃない、菓子があればいいと言われてるみたいじゃないか。

「俺…、ついでにトナー替えていきましょうか？」

「いいわよ、ゆっくり食べなさいな。和田さんも一息ついたら、声かけてあげるから」

けれど和田さんよりも先に、俺の存在に気づいた高辻さんがこちらを見た。

一瞬だけど、侮蔑するような視線が向けられる。

何をしに来たんだと言ってるように思えた。

お前はもうここに用はないだろうと。和田さんに必要な甘い物はもうここにある。こっそりしなくても、みんなに振る舞うことで、彼の手にも渡るようになっている。

和田さんを独占したくて、二人きりの時間が欲しくて、そんなことを考えつかなかった自分を揶揄してるみたいな目に思えた。

そして、まるで俺などここにいないかのように会話を続ける。

彼は、自分よりもここに合っていた。

「え？　藤代くん？　来てないと思うけど？　おい、今日、藤代くん来たか？」

「あ、はい。ここにいます」

突然自分の名前が出て、ハッと手を上げると、一同の目がこちらに向けられた。

「あれ、来てたの？　総務からすぐに戻って欲しいって今内線が…」

和田さんも振り向いてくれたけれど、俺はその顔を見ることができなかった。

約束したじゃないですか。俺だけの獣でいて、自分だけに餌付けされてって。なのにあなたは今、その人の持ってきた菓子に手を伸ばしてるんでしょう。そう言って彼を責めてしまいそうな気がして。

「あ、じゃあ今戻るって言ってください」

「藤代くん、ケーキは？」

「あの…、いただいて帰ります」

いたたまれない。

ここには元から自分の居場所なんてなかった。でも呼ばれて、みんなに優しくされて、自分はここに居てもいいんだと錯覚していた。

「失礼します」

ペコリと頭を下げて退室しようとする俺を、止める人はいなかった。それが当たり前なのだ。

高辻さんのケーキを手に、惨めにも部屋を出て行く。

寂しい。

「藤代」

だが、廊下に出たところで、背後から肩を摑まれる。

「…和田さん」

「お前、この間のヤツまた買っとけ」

「え…？」

「クッキーをチョコでくるんだヤツだ。あのラグドシャとかいう…」

「ラングドシャですか？」

「それだ」

「あ、はい。でも…」

俺は視線を自分の手元に落とした。

「ま…毎日ケーキの差し入れがあるからいらないんじゃ…」

「俺はこういうクリームたっぷりなのは好きじゃねぇんだよ。それに、みんなが見てる前でバクバク食えねえだろ」

「あ、はい」

大きな手が、頭の上に置かれる。

それだけで、胸が高鳴った。

「用事がないと呼び出せないのが残念だが、あんまりこっちに呼ぶと女共がうるさいからな」

「女って…」

「総務のだよ。お前、あいつ等に可愛がられてるからな」

「そんなこと…」

「来週中には今の仕事もカタが付く。そしたらゆっくり会えるからな」

もう随分と忙しいのだろう。いやいやながらを装っても、人前で甘い物を食べるくらい大変なのだろう。

なのにそう言って笑ってくれるのは、嬉しさ半分寂しさ半分だった。

こんな時でも俺のことを忘れていなかったという喜びと、この人の疲れは高辻さんが癒していているからこんな顔ができるのだという寂しさと…。

「ほら、行け」

手が離れてしまうと、余計に寂しさの方が募る。

でも、自分はここに残るわけにはいかないのだ。残る理由もないのだ。

「じゃ、呼び出されるの待ってます」

彼はもう何も言わず、そのまま部屋へ戻ってしまった。

微かに残るタバコの匂い。

物足りない。

一度は一番近くにいると思った和田さんが遠くなってゆく。

「今の言い方だと、この週末も会えないんだろうな…」

ポソリと呟いた途端、和田さんと入れ替わるようにあの男が姿を現した。

「やあ、藤代くん」

「…高辻さん」

言葉を交わしたくなかったな。

彼をあそこで見ただけでもヘコんでたのに。

「出番がなくて残念だったね。ああ、トナー運びって仕事で来てたんだっけ」

「それが俺の仕事ですから」

「そうだね、君にはそれがピッタリだ」

「あの…。俺、戻りますからこれで」

「藤代くん、もう来ない方がいいよ。来ても誰も喜ばすことはできないから。和田さんも、もう君を必要としないだろうし。俺の持ってきたケーキでも食べて、総務で静かにしてるんだね」

「失礼します」

企画に居場所がなくても、和田さんは俺を追ってきてくれた。

彼は恋人としての自分を、まだちゃんと想っていてくれるはずだ。

逃げるようにその場を去りながら、俺はそれだけを信じていた。

信じようと、思っていた。


本当にわかって欲しいことは、相手がわかってくれるまで続けろ。

それは俺が初めて和田さんに声をかけた時に貰った言葉だった。

俺がまだ総務のお姉様達に馴染んでなくて、どうしたらいいのか悩んでいた頃。たまたま社員食堂の隣の席で他の人と話していた彼に、つい声をかけてしまったのだ。

わかってもらうためにはどうしたらいいのか、と。

そのお陰で、今はまるで弟のようにみんなに可愛がってもらえるようになった。

あの時から、俺にとって彼は特別な人なのだ。

今、自分がわかって欲しいのは、和田さんが好きで、会えないのが辛いことなのだけれど、それをあの人に告げることはできない。

言ったらきっと、何をばかなことをと笑われてしまうだろう。

態度で表そうにも、会えなければ仕方がない。

こんな時、自分はどうしたらいいのだろう。

わかってくれるまで、何をすればいいのだろう。

相談をする相手など、もういなかった。

総務の女性陣になど言おうものなら、相手は誰だとしつこく聞かれてしまうだろうから、恋の話などできるわけがない。

だから、今自分にできることは、ただじっと待っていることだけだった。

あの人が俺を必要だと言って呼んでくれる、その時を。

一人きりの週末に、彼のための菓子を買い揃え、月曜に会社のロッカーに隠す。

デスクに向かって、キーボードを叩き、自分の仕事をこなしながら、内線が鳴る度に自分の名が出ないかと耳を澄ます。

でも、その日も呼び出しはなかった。

「企画から呼び出しがないと寂しい？」

まるでそんな俺の心を見透かしたかのように、隣の席の林さんが声をかけてきた時、俺はそれを上手く隠すことができなかった。

「いえ、あの…」

「いいのよ。男の人はやっぱり仕事優先だものね。働きがいがある部署の方が魅力あるんでしょ？」

「ここも働きがいありますよ」

答えながらこの間の会話を思い出す。

そうだ。確か林さん、この間彼氏に仕事のせいでデートをすっぽかされたんだっけ。

自分と同じように…。

「あの…。差し出がましいようですけど、この間の彼とは…」

林さんは『え？』という顔をしてから、少し頬を染めて笑った。

「ごめんねぇ、心配かけちゃって。あの後謝らせたわ」

「謝らせたんですか？」

「仕事と私とどっちが大事、とは言わないけど、どっちも大事なら考えて欲しいって言ったのよ。そしたら、ちゃんと謝りの電話があってね。デートし直したわ」

「そうですか、よかった」

「藤代くん、優しいのね」

自分のことに重ねてるから、とは言えなくてちょっと罪悪感を感じる。

「女もね、ちゃんとわかってるのよ。仕事して稼いでくれないと結婚もできないんだってことくらい。でも、仕事を言い訳にするのが許せないのよ」

「言い訳って、仕事だったんでしょう?」

「当たり前よ。それがウソだったら別れるわよ。ただ、仕事だって言えば黙らせられるって思ってるのが嫌なの。話してもわからないって思われてるのかもしれないけど、ちゃんと事情を説明してくれないと。何にも知らずに待たされるだけってのはね」

それはわかる。

せめて状況だけでも知りたいって、俺も思うから。

「仕事がそんなに忙しいっていうなら心配だってしてあげたいし、色々あるじゃない。なのに黙らせるために『仕事だ』じゃ。何のために付き合ってるんだか」

「何のためなんですか?」

間の抜けた俺の質問に、彼女はクスリと笑った。

「一緒に生活するためじゃない」

「はぁ」

意味がわからない。

それは結婚したら一緒に生活はするんだろうけど。

「藤代くん、まだ結婚とか考えたことないでしょう」

って言うか、結婚できる相手じゃない人としか付き合ったことがないです、とは言えないので黙って頷く。

「結婚って、若いうちは夢だけど、年とってくると現実になるの。この人とずっと一緒に暮らせるかどうか、ね。結婚して、仕事だからの一言でどっか消えて行かれちゃ堪らないでしょう？　だから今のうちからわかんなくてもいいから、ちゃんと話して欲しいのよ」

「理解、ですか？」

「まあそうね。そうじゃないと自分ばっかり好きみたいで嫌だわ」

自分ばっかり好き…。

やっぱり俺は気にしてるんだなぁ。

林さんのそんな一言、一言が胸に刺さる。

「好きな人に言葉を貰いたいって気持ちはわかります」

「それなら恋愛はしたことあるのね」

「はい」

この年なら、この返事をしてもからかわれたりしないだろう。

「だったら、恋人にはちゃんとみんな話してね。たとえわかってもらえないだろうって思うことでも。どうして自分がそうしたのか、その理由も」

「でも相手は考え方も違うし」

「考え方が違うから言って欲しいんじゃない。朝ごはん、パンとお米とどっちがいいか、なんて個人の好みよ。私はパンが好きだけど彼はお米のご飯が好き。デートだったら一回黙って我慢しようで済むけれど、ずっと一緒にいるなら、何が食べたいって言ってもらわないと。どうして朝はご飯がいいのかなんて理由はわかんなくても、ご飯が好きって言ってくれれば交替でメニュー作るわ。でも好きも嫌いも言わないで、パンが出たら朝ご飯食べないで出て行くなんてことになったら腹立つでしょ？」

「……はい」

「ま、人間口が付いてるんだから、動くうちに使ってよって感じね」

笑って言うけれど、きっと彼女は同じことを彼氏にも詰め寄ったのだろう。

ちゃんと言って。

わかりたいから聞くんだから、と。

俺はそれができるだろうか？

聞きたいことすらわからないのに。

「企画の補充、来週には決まるらしいわよ」

「そうですか」

「藤代くんも候補なんじゃない?」

「それはないです」

いつもの問いに、俺も笑った。

そうなればよかったのにな、と少しだけ欲を出して。


考えてみれば、おかしいことだったのだ。

その日、午後一番に営業の女の子が俺を名指しでやってくる、なんていうこと自体が。

「あの、藤代さんいますか?」

カウンターでそう言った彼女は、明らかに困った顔をしていた。

「はい、藤代は俺ですけど…」

入口に近いところにいる人間も一緒になって、視線が俺に集中する。

「私、営業三課の者ですが…、お菓子持ってないでしょうか?」

「お菓子?　ですか?」

年長の池内さんは、その言葉を聞いて彼女を睨み付けた。

「ここは総務で、備品はお渡ししてますけど、お菓子を備品とはみなしませんよ」

強いその視線に、学生っぽい営業の女の子は下を向いた。

「すいません。でもどうしても必要なもので…」

声が震えていて、少し泣きそうだ。

「必要って、どうして?」

俺を名指しでは来たけれど、彼女は日の前に立った池内さんに半べソで訴えた。

「今日…、大事な取引先の方がいらっしゃるんです。それでお茶菓子を用意してたんですけど、それが見当たらなくて…。相手の方、凄い甘党で、お茶うけの菓子は絶対に用意しておけって言われてたのに…」

「営業で誰か持ってる人、いないの?」

「自分達のおやつ用の袋菓子なら。でも、とてもお客様にお出しするようなものじゃないものですから…」

それはそうだろう。

ここも女性が多いせいで交流費からお菓子を買って置いてはあるが、どれも仕事の合間に口に入れるようなものばかりだ。

「お客様って、どなた?」

「勝倉《かつくら》の専務です」

「勝倉…、確か三課で契約を進めてるところの人だったわね」

「はい、今日は細かい打ち合わせがあるからお茶とお菓子は高級品を用意しろって言われてたんです。なのに、買っておいたお菓子だけがなくなってて…」

貫禄のある池内さんの前で、彼女はついに涙を浮かべた。

「今から買いに行けばいいじゃないの」

「でも一時にはもういらしてしまうから…」

「一時？」

みんながいっせいに壁の時計を見る。

「…あと五分じゃない。いらしてすぐに出さなくてもいいとしても、十分かそこらね」

「私…、クビでしょうか？」

「そんなの知らないわよ。私は営業じゃないんだから」

冷たく言い放ちながらも、池内さんは後ろを振り向いた。

「誰か、高級っぽく見えるお菓子持ってない？」

「…って言っても」

「高級菓子なんか会社に持ってきてる人間いないわよ。バレンタインじゃあるまいし」

それでも、みんなは引き出しを開けたり、買い置きの菓子をチェックした。

だが出てくるのはスーパーやコンビニで買えるようなものばかりだ。大きい会社の甘党の専務なら、そこらの菓子でごまかすことは難しいだろう。

「そういえばあなた、藤代くんを名指しで来たみたいだけど？」

「あ、はい」

「何故？」

「あの…、以前藤代さんがお菓子の箱を捨ててるのを見たことがあったので。もしかして今日も持ってるんじゃないかと思って…」

「藤代くんが？」

向けられる視線が痛かった。

だって、俺はロッカーの中にお菓子を持っているのだ。誰にも内緒で。

でもそれは自分が食べるものでも、ここの人達と食べるものでもない。和田さんのために、和田さんに呼ばれた時のために買い置いてあるものなのだ。

「藤代くん、何か持ってる？」

けれど嘘はつけなかった。

「…持ってます」

だって、これは仕事だ。

泣いている人がいるのだ。

俺は立ち上がって自分のロッカーを開けると、中からきちんと包装された菓子の箱を取り出した。

「そんなに高級ってほどじゃないですけど、これでよかったら」

和田さんに喜んでもらうために、一生懸命雑誌の記事なんかをチェックして見つけた、美味しいと評判の店のものだった。

箱を見ただけで、池内さんもそれが安くはないものだとわかるようなものだった。

だから池内さんも、俺が彼女にそれを渡す前に聞いてくれた。

「これ、出していいの？　お使い物じゃないの？」

「いいんです。後でまた買いに行きますから。すぐにどうしても必要ってワケでもないですし」

池内さんは、一旦俺から箱を受け取ると、改めてそれをカウンター越しに営業の女の子の前に差し出した。

「あなた、名前は？」

「え…？　あの…、遠野《とおの》です」

「営業三課の遠野さんね。とりあえず、このお菓子を出すように指示して、その間に誰かにちゃんとしたものを買いに行かせなさい。それから、これと同じものを今日中に買って、藤代くんに返すのよ」

「池内さん、別に…」

「これは彼の私物です。それを提供させるんだから、当然なのよ」

「は…、はい」

「わかったら、早く行きなさい。もう一時になるわ」

「はい」

迫力に気圧された、という感じで、彼女は箱を受け取ると、そのまま足早に部屋を出て行った。

けれど、池内さんは自分の席には戻らず、おもむろに振り向くと胸で腕を組んだ。

「怪しいわね」

「何がですか?」

林さんが尋ねたのに、池内さんは俺を見た。

「藤代くん、あなた前にああいうお菓子買ってゴミ捨てたの何時?」

「何時って…」

「どこで捨てたの？」

「先々週に…、一階のロビーのところで…」

俺は正直に答えた。

それを誰が食べたかさえ知られなければ、隠すほどのことでもなかったから。

「で、それを入り立てでミス一つに半ベソかくような営業の子が見てたの？」

「いいえ、誰かが側にいたかどうかまでは…」

「私が言いたいのはね、それをあの娘が見てたとしても、何故あなたが総務の藤代だってすぐにわかったかってことよ。しかも捨てたゴミが高級菓子の包装だってことまでご丁寧に覚えてるなんて、わざわざゴミ箱の中でも覗かない限りわからないことでしょう」

「覗いたんじゃないですか？　俺の後にゴミを捨てるか何かして…」

「あなたが藤代だってことにも気づいてない様子だったのに？　あの娘、入ってきて名前を呼んだ時、あなたのこと見てなかったわよ」

そうだろうか。

俺にはよくわからなかったけれど。

「何か嫌な感じだわ」

池内さんはやっと自分の席へ戻ったけれど、暫くはそのまま浮かない顔をしていた。

嫌な感じ、と言われても何だかピンと来ない。

あの時、一階のロビーにゴミを捨てに行ったのは、総務のゴミ箱へ捨てると誰かに見つかって色々言われるかもしれないと思ったからだった。

終業が近く、みんなざわついていたので、何げなくゴミ箱を覗く人がいるかもしれないと思ってだった。

一階のロビーにも人はいたけれど、それはみんな見知らぬ人ばかりだったし、そういう人達にならば見られてもいいと思っていた。

だからそこに彼女がいたかいなかったかと言われても、思い出すことはできない。

池内さんはここの総括をしているような才媛だから、色々考えることがあるのだろうが、今回は考え過ぎではないだろうか？

「あ、もしもし。総務の池内です」

そんなことを思っていると、池内さんがどこかへ電話をかけている声が聞こえた。

「本日そちらに来客は…？　ええ、ちょっと。勝倉の専務が…。ああ、そうですか。いえ、別に何でも」

会話から、彼女がさっきの娘の話を確かめるために営業へかけたのだということはわかった。と、同時にそれが嘘でないことを確認したのも。

そこまで気にするほどのことだろうか？

部屋には、何となく嫌な空気が漂っていた。

窓際で、こちらのことにあまり口を出さない課長達も、チラチラと視線を投げかけてきている。

何かトラブルがあったのかと窺う様子だ。

けれど、もう池内さんは何もしなかった。

ただいつも形を気にしている爪を軽く噛みながら、何か考えてるように遠くを見ているだけだった。

何故俺があんな菓子を持っているか、聞きたい人もいただろう。けれどそんなことを口に出せるような雰囲気ではない。

大したことでもないのに。

何故そんなに気にかかるのだろう。

営業に何かトラブルでもあったのだろうか？

彼女の行動の意図が読めずに訝しく思っていた俺が、やっぱり池内さんは凄い女性なんだとわかるには、まだ修行が足りなかった。

そして時間も…。

「藤代くん、内線三番。企画からよ」

待ちに待ってたその一言だったのに、俺の心は一気に重くなってしまった。

退社時間ギリギリだったからとか、みんなが注目しているからということではない。呼ばれる理由がわかってて、それに応えられない自分がわかっているからだ。

「はい、藤代です」

かと言って出ないわけにはいかないから、ボタンを押して受話器を握る。

『あ、藤代くん？　頼む、すぐ来て』

相手は前田さんだった。

『もうヤバイんだよ。あとちょっとで終わりだっていうのに、臨界点突破って感じで、いつ爆発してもおかしくない状態なんだ』

「はい…」

どうしてこんな時に限ってなんだろう。

手元に菓子はないし、昼間の一件でみんなが俺に注目してるから総務のおやつを持って出ることもできない。

『聞いてる？　藤代くん』

「聞いてます」

『じゃ、すぐに来て。頼んだよ』

せっかちな電話は向こうから切れてしまった。

どうしよう…。

「藤代くん、企画、何だって？」

こちらも受話器を置くと、すぐに池内さんから声がかかる。

「あ、はい。ちょっと手伝いに来て欲しいって」

「そう…。営業の娘、来た？」

「いいえ、まだです」

来てくれればこんなに焦らなくていいのに。

「さっきのお菓子、企画の人に頼まれてたのじゃないの？」

鋭いな。でもそれを認めるわけにはいかなかった。

「いえ、あれはプライベートでちょっと…」

「そう。明日になっても持ってこなかったら、ちゃんと言うのよ。私から営業に文句言ってあげるから」

「そんな、たかがお菓子ですから」

これ以上ここにいて池内さんに何か突っ込まれても困るから、俺は仕方なく席を立った。手ぶらで行っても、和田さんを宥めることはできない。

こうなったら、ちょっと話があるからとか何とか言って、外へ連れ出そうか？　近くの喫茶店でケーキでも食べれば…。

ダメだ。

こんな時間じゃ、食べてる途中に会社帰りの誰かが入ってきて見つからないとも限らない。そんな危険を彼が望むとも思えない。

結局、何の手立ても思いつかないまま、俺は企画室まで来てしまった。

「だからどうして今になって書類が足りないなんて言い出してるんだ！」

廊下まで響く和田さんの声。

「ですから、少し遅れてるだけで、ファックスが届き次第…」

「だからそれが何時かって聞いてるだろう！　それがなきゃ、エスクロの約束もなくなるんだぞ」

そして何かが壊れるような音がした。

ダメだ。

ゆっくりと話せるような状況じゃなさそうだ。

俺は脅えながらそっと中を覗いた。

思った通り、部屋の床には灰皿が吸い殻を散らした真ん中に転がっている。

声をかけるべきかどうか悩んでいると、待ち兼ねていた様子の前田さんがこちらに気づいて声を上げた。

「和田さん、藤代ですよ」

怒りに燃えた和田さんの目がこちらに向けられる。

けれど彼はすぐに怒鳴っていた部下に視線を戻した。

「今すぐ先方に電話を入れろ」

「でも…」

「でもじゃない。すぐに電話を入れて、ファックスが何時届くのか確認しろ。絶対に今日中に欲しいって言うんだ」

「…はい」

緊迫した空気。

棒立ちの一同の間を縫って、前田さんが近づく。

「さ、こっちに」

腕を取って俺を和田さんの側へ引っ張るけれど、俺の心臓はドキドキだった。

餌を持たずに猛獣の前に立ってこんな感じなんだろうか。

「あの…、和田さん」

俺が声をかけると、彼はもう一度チラリとこちらを見た。でも表情は硬い。

「ちょっと待ってろ」

「あの、実は…」

「待ってろ」

まるで、今日は餌がないと嗅ぎ分けているかのような態度。

本当にそうだったらどうしよう。

そして、甘い物を持っていない自分が、彼にとって何の魅力もなかったとしたら…。

「白井、東亜土地にエスクロの開始期限をもう一度確認しろ。ファックスが届いたらそれを添付してすぐにロドリーに持ってけ」

「はい」

「石塚、他の書類は?」

「できてます。企画書も清書しておきました」

この一件に関与がない人間は、触らぬ神に祟りナシとばかりに自分の仕事に集中しているが、意識はこちらに向けていた。

「和田さん、連絡取れました。ファックスは三十分以内に送ってくれるそうです」

怒られていた男がかけていた電話を切って嬉しそうに報告する。それでやっと空気が和むかと思われた。

「よし。届き次第書類、作っとけよ」

「はい」

だが、そうではなかった。

彼はまだ山積みの書類をめくり、顔を上げようともしない。いつもなら、仕事の途中でも俺が来ると席を立つのに、よっぽど仕事が詰まってるんだろうか。

そして、そんな和田さんを見守る俺達を追い越すように、一つの背中が俺の前に立ちはだかった。

「こんにちは。差し入れです」

場にそぐわない明るい声。

「あ、ばか」

前田さんが小さく零した声が耳に届く。

「皆さん、お疲れでしょう。いつもの持ってきました」

勝ち誇った顔で俺を振り向いたのは、高辻さんだった。

手にしていたのは白い紙の箱。それが何であるかはもう聞く必要などないほどわかっている。

「お腹、空いてるでしょう。また甘い物で悪いんですけど、ケーキです」

彼はスペースの空いているデスクの上に箱を置き、それを開けた。

色とりどりのケーキ。

とても余りものだとは思えないような美味しそうなものばかりだ。

「高辻、悪いけどちょっとこっちへ」

前田さんが彼を呼ぶ。

彼は素直にそれに従ったが、俺を見るとにやりと笑った。

「ここにいてもしょうがないだろう？　何でここにいるんだ？」

彼の言葉をそのままに受け取った前田さんが何げなく答える。

「ああ、いいんだ。藤代には藤代の用事があるから。それより、あまり大きな声を出さないようにな。まだ仕事中だから」

「はい。でも大丈夫ですよ、いつものことじゃないですか」

「いやまあ…、その…」

そして彼は前田さんには聞こえないほど小さな声で俺にだけ囁いた。

「今日はもう手ぶらだろう？　いても何にもできないクセに」

決めつけるその一言で、ハッとする。

「…高辻さん、あなた営業の何課です？」

俺が『それ』に気づいたと知ってなお笑っている顔。

「三課だよ」

「まさか、昼間の…」

「美味しくいただいたよ。君のチョコレート」

ああ…、そうだったのか。

あの女の子は俺のことなんか見ていなかったのだ。

池内さんが怪しいと思ったのは正しい。

「あなた、自分の会社の仕事を邪魔したんですか？」

「邪魔？　何も問題なんて起きなかったのに？」

「だって、菓子が…」

「ああ、遠野が客に特製の和菓子出してたな。昨日から用意しておいた」

俺を名指しにして来た女の子。

最初から泣きそうで、おどおどして。

あれだけ池内さんに強く言われたのに、約束してったのに、今に至るまで俺にお菓子を返しにこなかった。

それは当然のこと、全てはこの男が仕組んだことだったのだから。

「さ、仕事が一段落した方からどうぞ」

彼が俺に背を向け、置き場所もわかっているという様子で棚から紙皿を出す。

「あれ、どうしたんです？ 遠慮なさらないでいいんですよ？」

その一つにケーキを載せ、書類に目を落としている和田さんの前へうやうやしく皿を差し出した。

「さ、どうぞ」

食べないで。

俺以外の人から、俺の目の前で甘い物を受け取らないで。

対抗するお菓子も持っていないけれど、声に出してそれを願うこともできないけれど、
俺は心の中で繰り返した。

食べないで。

そんな、人を騙すような男の差し出すものを食べないで、と。

「マズイ…」

必死に祈る俺の横で、前田さんがまた一言零した。

「あいつ、まだあの状態の和田さんを知らないんだ」

そしてその言葉が終わるか否かの時、突然和田さんが立ち上がった。

「白井、確認は？」

「とりました。来年の三月の二十日からで、一応譲り渡し期限は六月十日ということになってます。食品関係だという許可も、もう一度確認しました」

「よし、じゃあ後は書類を出すだけだな。行くぞ、藤代」

目の前にあるケーキなんか目に入ってないかのように、高辻さんの横を抜けて俺の方へ向かってくる。

「和田さん」

とっさに、彼は和田さんの腕を取った。俺のところへなど行かせない、というように。

「何だ？」

眉の吊り上がった和田さんの視線。

「ケーキ、持ってきたんです」

けれど彼はそれにも動じない。

「いらん、さっき差し入れで握り飯を食った」

「でも、せっかく持ってきたんですし。一口でも…」

「高辻、止せ」

前田さんは甘い物に弱い和田さんの習性を知らないから、慌てて止めに入った。

「もうこれしか、甘い物ないんですよ？　これ、美味かったでしょう？　藤代のなんかいりませんよね？」

和田さんはジロリと彼を見た。

それから差し出されたケーキを見て、自分の腕を捕らえている彼の腕を見た。

「離せ」

「…え？」

「高辻、離せ」

けれど、前田さんの忠告は少しだけ遅かった。

「離せ」

というドスのきいた低い声が響いたかと思うと、和田さんの手が紙皿を持つ高辻さんの手に添えられ、そのまま皿ごとケーキを彼の顔にぶつける。

あ、とみんなが息を呑む。

前田さんが頭に手をやって天を仰ぐ。

奇麗なケーキはぐちゃぐちゃになって、高辻さんの顔から床へ、ボタボタと落ちた。

「離せと言ったら離せ。一度言ってわからないような頭なら、チャラチャラ顔を出すな」

「な…、でも藤代は…！」

「第一、お前の応援期間はもう終わってるだろう。用もないのにここへ来るんじゃない」

冷たい言葉。

それが自分に向けられていたら、きっと指一本動かせず、立ち竦んだだろう。

「前田、『ソレ』片付けとけ。ついでに立ち入り禁止にしとけ」

「わ…、和田さん！」

その点、高辻さんは俺よりも度胸があるらしい。

ケーキだらけの顔で、もう一度和田さんに縋り付き、この人に言ってはいけない言葉を平気で口にしてしまうのだから。

「疲れてるんでしょ？　甘い物食べたいでしょ？　藤代は何にも持ってないんですよ、あなたにそれを渡せるのは俺だけなんですよ！」

和田さんが、そのことをみんなに知られるのをとても嫌がっているって、知らないのだろうか。

「お前、バカか?」

けれど和田さんは、そんな彼の言葉を聞いても、スーツにべっとりとクリームを付けられても、眉一つ動かさなかった。

俺の時はさんざん焦って、照れてさえいたのに。

「そんなモン、俺が欲しがるわけねぇだろ。俺が欲しいのはもっと別のモンだ」

そして、乱暴に彼を突き飛ばして俺の首をがっきりと抱え込むと、そのままズルズルと連れ出した。

「前田! 俺達が出てくるまで誰も会議室に近づけるな」

「はい」

みんなが、どんな顔をしているのか、俺には見えない。目が和田さんの腕で塞がれていたから。

でもみんなきっと唖然とした顔で俺達を見送っていただろう。誰よりも、高辻さんが。

俺はといえば、後ろ向きに何とか歩きながら嬉しさと怖さに包まれていた。

高辻さんを断ってくれたのは凄く嬉しい。でも、もしこの行動が俺の菓子をアテにしてのことだったら、俺にはそのアテがないのだから。

「和田さん…！」

誰かが使った後らしい、強いタバコの匂いの残る会議室。入った途端、カギをかける音がした。

抱き上げられるようにテーブルの上に座らされ、やっとその顔を見ることができる。

少し伸びた不精髭。さっきのキレ方から見ても、会社に泊まり込んでいたのだろう。

「何だ」

ああ、ケダモノ・モードだ。

「あの…、高辻さんが言った通りなんです」

「何が？」

俺は怒られるのを覚悟して、膝の上で拳を握った。

「今日、お菓子持ってないんですっ！」

怒られる。

きっと噛み付かれる。

何で持ってこなかったと言われて、さっきのケーキを取りに戻ってしまう。

「仕事でどうしても菓子が必要だって言われて、でもそれは高辻さんが仕組んだことだったんですけど。でも俺が自分から出しちゃったから、それは自分の責任で…」

「黙れ」

それを全部覚悟したのに、当たっていたのは一つだけだった。

「痛っ…」

獣が何にも言わず、俺の首に齧りつく。

濡れた舌が噛み痕を舐め取るように濡らす。

「ご、ごめんなさい…っ！」

俺、ひょっとして殴られたりするんだろうか？　ここには投げる灰皿もあるし。

目を固く閉じ、次の攻撃に備えると、手が顎を取って顔を上向かせた。

「こっちを見ろ」

言われておとなしく言葉に従う。

目の前の和田さんの顔は、まだ荒《すさ》んでいた。けれどギラギラとした様子はない。

「お前、まだ甘い物のためだけにお前を呼んでると思ってるのか」

「でも…、疲れてると甘い物は欲しいんでしょう？　なのに俺、今日は何にも持ってなくて…」

「疲れをとるために、甘い物は確かに欲しいな。だが甘い物だけなら何だっていい。高辻が持ってこようが、前田達が持ってこようが」

「やっぱりさっきのケーキ貰ってきます。俺が食べるって言えば…」

「だが、今俺が一番欲しいのはそんなモンじゃない」

ケーキじゃ嫌なんだろうか？

前にクリームは得手じゃないって言ってたし。

「じゃ、チョコ買ってきます。ちょっと待っててくれればコンビニかどっかで…」

「チョコもケーキもキャンディも、何にもいらないんだ」

「何がいいですか？　俺、何でも買ってきます」

「買ってくる必要もないさ」

「…？」

和田さんは不敵な笑いを浮かべ、開いた口でまた俺の喉元に噛み付いた。首を斜めに傾け、牙を立てるように。

実際は甘く食むように…。

「いい加減わかれよ。俺が欲しいのはお前だ」

そのまま軽く押されてテーブルの上に仰向けに倒される。

「あ、あの…」

「甘い物より何より、お前がいい」

手が伸びて、ネクタイを外す。

「これが俺の好物なんだ」

悪いケダモノの顔で笑わないで。胸が苦しくなる。

「和田さん、ここ会社ですよ…！」

引き抜かれはしなかったけれど、そのまま今度はワイシャツのボタンに指がかかる。止めて欲しいと意思表示のためにその指を握ったのに、簡単に振り解かれてしまった。

「わかってる。だが、ずっと我慢してたんだ」

「何を…？」

「お前に触れるのを、だ。本当だったらもうとっくにお前をゆっくり味わってるはずだった。なのに堀川のヤツが仕事途中で辞めたりするもんだから、こんなに手間がかかって」

「お菓子は…？」

「お前のが甘い」

「俺に味は付いてませんよ」

「付いてるさ。俺だけが味わえる極上の甘味だ」

「でもここは会社で…」

「ああ、俺だって本当はゆっくり時間をかけて恋人気分を出してやりたかったさ。だからつまみ食いすらしないように気を付けてたんだ。一口齧ると我慢がきかないって自分でもわかってたからな」

開いた襟元。

鎖骨の上を舐める舌。

「今の仕事が一段落したらどっかホテルでもとって、フカフカのベッドで抱いてやりたかった。お前、そういうの好きだろう」

キスして、啄んで、吸い上げて、またキスする。

「ん…」

たったそれだけのことで全身がゾクゾクしてくる。

「何せ前のが酷かったからな、色々考えたんだ。なのに堀川の無計画出産のせいで予定が全部流れた」

こうなってしまうと、経験のない俺にはこの感覚に逆らうことができない。

自分が流されないように必死に彼のシャツにしがみつくので精一杯だ。

「今夜が我慢の限界だ。ここで抱けなきゃ暴れてやる」

「抱くって…！　ここで…？」

「そうだ」

「それは待って…！」

「待てない」

断定的な否定の言葉。

「待てるわけがない」

それが最後のまともな会話だった。

後はもう、ただ俺は彼にとって一番の餌になり下がるだけだった。

とても嬉しいことに…。

「あ…！」


手は素早く動き、俺の下肢を露にする。

前をはだけさせられ、現れた肌に手が滑る。

噛み付くようなキスは全身に降った。

それに痛みを感じるのは歯を立てられているからじゃなくて、吸われているから。きっと彼が過ぎた後には赤い痕が残っているだろう。

下着を下ろされ、もう硬くなってしまった俺のモノに絡まる指。

恥ずかしくて、顔が熱くなる。

止めてと言いたいのに、止めて欲しくないと思ってるからその言葉が出ない。

「和田さ…」

俺だって、飢えていた。

ケダモノのような彼に比べれば、草むらの小動物に過ぎないかもしれないけど、俺だって男で、オトナで、肉食獣だったんだなと思わされる。

彼に貪られるのが嬉しい。

自分がそれを受け取れるのが嬉しい。

他の誰にも渡さないで、自分が手に入れることができたのだと確信できるこの行為に溺れてしまいそう。

「ん…」

硬い会議用のテーブルに押し付けられる背中は痛かった。

座ったまま倒されたから、膝から下はぶらりと所在無く垂れ下がったまま。

けれどそんなこと、どうでもよかった。

壁一枚向こうには企画室のみんながいて、自分達がここで何をしてるか想像してるかもしれない。

それは考えるだけで恥ずかしいことだけど、それすら『止めて』という言葉を使わせる理由にはならない。

元々、自分が単なる餌係としてここに通っていた時から、みんなは誤解していたのだ。だったら今更それが事実になったからってどうでもいいじゃないか。

この人が自分を求める時に、応えられないよりずっといい。

自分がこんなにも大胆になれるなんて思ってもみなかった。

それもみんな、この人の野性に引きずられてるってことなんだろうか。

「…や…っ」

膝まで脱がされたズボンが、重力に従ってズルズルと床へ落ちる。

胸から下りてきた顔は、腹を飛ばして剥き出しになったソコに向かう。

半勃ちの俺のモノは待っていたかのように、彼の舌を纏い、悦びに打ち震えた。

「あ…、や…」

目に映るのは無味乾燥な天井と蛍光灯。

静かな部屋に彼の舌が生むぴちゃぴちゃといういやらしい音だけが響く。

「和田さん…、和田さん…」

必死に手を伸ばして彼を求めると、指先は髪に触れた。

摑んでもいいものかどうか一瞬迷ったけれど、ゾクゾクと這い上がってくる快感に堪えるためについ指先に力が入る。

それがまるで彼の頭を自分の股間に押さえ付けるようになるとわかっているのに、手が彼から離れない。

イケナイコトをしている。

その感覚がより強い快感を生む。

恥ずかしくて、我慢できなくて、声が止まらない。

いくら人払いをしたと言っても、誰かが耳をそばだてていないとは限らないのに。

「んん…、や…。だめ…」

「感じるか?」

「そんな…の…」

「当たり前、か。だろうな、ココが凄いことになってるし」

俺を咥えたままの口が軽くそこを嚙む。

瞬間、ピリピリッとした甘い痺れが背を駆け上った。

「や…っ、ぁ…」

思わず身体が縮こまり、膝が彼の顔に当たりそうになる。その膝頭を彼の手が押さえ、大きく開かせた。

「イイ感じになってきたな」

「いや…、見ないでくださ…」

「それは無理だな。美味いものは目でも味わいたい」

和田さんが身体を離すと、視界に彼の姿が戻ってくる。

さっきまでのイラついた表情なんか微塵も残っていない。嬉しそうで、ちょっとエッチな顔だ。

「この間はじっくりお前の顔を見ることもできなかった。今日は堪能したい」

「俺の顔なんか…、面白くも何ともないですよ…」

「そうでもない。色っぽくてそそるさ」

本当だろうか？　俺なんて、何の変哲もない顔だと思うんだけど。

むしろ、こちらを覗き込んでくる彼の顔の方が、男の色気があってゾクゾクしてしまうのに。

「とは言え、準備も何もしてなかったからな…」

「準備？」

「ああ、これでいい」

「な…に…？」

頭を上げて彼を見ると、和田さんはスーツの袖に付いていたケーキのクリームを指ですくい取った。

「…あっ！」

さっき、高辻さんが縋り付いた時に付いたあれだ。

そしてそのクリームにまみれた指を俺の脚の間にすっと差し込んだ。

「や…」

ぬるっとした感覚が肌になすられる。

「何にも付けないよりマシだろう」

指が、中へ入り込む。

「あ…あ…」

クリームの油が滑りをよくするのか、指の先がするりと内側へ入り込む。けれどそれもある程度までのことで、すぐに肉に阻まれてしまう。

すると今度はねじ込むような動きが加わり、ゆっくりと抜き差しを繰り返した。

「や…っ、変…っ」

「痛むか？」

「痛くは…、ないですけど…」

「ならいいだろう」

よくはない。

いや、イイはイイんだけど…。

「お前には、いつも甘い物が付きまとうな」

そう言って、彼は指を咥えた俺の秘部を舌で濡らした。

入り切らずに周囲に残っていたものを舌先が拭いとる。

「…ひっ」

生温かい感触に力が入ると、自分が彼の指を締め付けるのがわかる。

「クリームは好きじゃないが、ココに付いてるのは悪くない」

最初に抱かれた時は無口だった人の語る言葉は、俺の恥じらいを呼び、感覚を更に鋭敏にさせた。

「もう先が濡れてる」

「やめ…、そんなこと…」

「俺もあんまり我慢はできそうもないが、せめてお前が痛くなくなるまでは理性を保ってなきゃな」

指の動きが激しくなると、身体に走る快感に俺の理性の方が奪われそうだ。

「俺の欲はその後でいい」

人の触れぬ肌に触れられ。

熱の籠もる身体。

和田さんは指でソコを嬲りながら、あちこちにキスの痕を残す。

まるで俺に印を付けてゆくように。

さっきさんざん口で愛撫していた箇所には全く触れてくれず、はだけた服に頭を埋めるようにして腹や胸を濡らす。

「あ…、そこ…や…っ」

指が微妙な箇所を押すと、甘く熟れていた自分のモノがぶるっと更に大きくなった。

俺が声を上げた場所を何度も指が探り、追い詰められる。

不安定な体勢でいるから、目眩のように意識が揺れる。

知らぬうちに腰が応え、入口はヒクつき始めた。

「もういいか」

と言われた時には、すっかり全身から力が抜けて、自分では指一本動かすのも億劫なほどだった。

指が引き抜かれ、クリームに濡れた和田さんの手が俺の腰を摑む。

「藤代、もう少し腰を…」

身体を引かれ、テーブルから下ろされて、やっと床に足が着いたけれど、一人では立つこともできない。

「あ…」

ふらつく身体がもたれかかると、彼は少し嬉しそうに笑って今度は俺をうつ伏せにテーブルに押し付けた。

露出していた胸に冷たく硬いテーブルの感触。

「冷た…」

熱を帯びる身体だから、余計冷たいと思ってしまう。けれどその冷たさも、火照った身体を治める役には立たなかった。

もういい、と言ったのに、再び指でそこを弄られ、勃ち上がったモノがテーブルの下に当たる。

それに気づいたわけではないだろうけれど、もう一方の手がソコを包むように前へ回ってきた。

「和田さ…」

触られるだけでイッてしまいそうだ。

「息を吐け」

指がまるでパソコンのキーボードを操るようにそれぞれ違う動きをしながら、俺をコントロールする。

「ここで…？」

もうこれでいいのに。これ以上攻められたらどうなるかわからない。

「やる、と言ったろう」

でも和田さんは許してはくれなかった。

もう逃げられない。

彼が来る。

今度は、確かに自分が求められているという感覚の下に、彼を迎え入れる。

「あ…、ああ…ぁ…」

ツルツルのテーブルに指を立て、それに備えた。

でも備えなんて何にもならなくて、彼の熱が埋め込まれると、痛みとそれだけではない何かが自分を侵食してゆく。

ああ、前の時も床に爪を立てたっけ…。

いつも、この人は俺を追い詰める。

逃げられないほど強く求められる。

でも今日はそれでもいい。だってちゃんと俺だとわかって抱いてくれてる。それがこうしている時にも伝わってきているんだから。

何度も止まりながらも、深く身体を開いて入ってくる異物。

「ん…っ、ふ…っ」

噛み締めたつもりの歯の間から喘ぎが漏れ、堪えようとすると息が止まる。

腰から下が自分ではないようだ。

手が身体の下、胸を探る。

俺には膨らみなんてないのにと思ってると、指先は乳首を摘まんだ。

「ひ…」

気持ちよくて困る。

こんなとこで、こんなふうになってしまう自分が恥ずかしい。

「ん…っ、ふ…っ、んん…」

彼が腰を進める度に声を伴った息が零れ、じくじくとした疼きに呑み込まれてしまう。

何か考えなきゃいけないことがいっぱいあったような気もするのに、頭が白くなって今は何も考えられない。

「三度目の正直だ…」

背後で、和田さんが言った。

「この次は夢みたいに抱いてやるよ」

少し掠れた声で。

今だってこの人が自分を求めてるってこと自体が夢のようなのに、これ以上ってどんなことなんだろう。

ぼんやりと考える意識もすぐに快感に散らされてしまう。

「だから今日は…、許せ…」

彼の語尾が苦しそうに消えるから、また煽られる。

身体ごと揺すぶられ、内側の深いところが悲鳴を上げる。

「も…、だめ…」

動きは激しさを増し、荒い息遣いが耳を覆う。

踏みとどまっていた足からも力が抜け、右足が宙に浮いた。それでも身体はそのままで、身を打ち付けてくる彼に縫い付けられ、テーブルから離れない。

「あ…っ」

感じようとするためか、逃れようとするためか、力を込めてるはずなのに、どこかに穴が開いてるかのようにそれが流れて消える。

代わって自分の身体を満たすのは、ただ彼の熱ばかり。

「藤代…」

突き上げられ、触られて、自分が消えてゆく。

「ん…」

食べられてる。

彼に、食い尽くされる。

「や…、和田…っ」

そんな感覚に落ちた時、俺は全身を強ばらせて彼の牙を受けた。

自分の血飛沫が全身に飛び散る感じ。

熱くて、痛くて、繋がった場所から雫が滴り落ちる。

「ああ…っ!」

ちゃんと全部バラ色ですよね? 俺はあなたの恋人ですよね?

そんな今更の問いかけが一瞬だけ頭を掠めた。

眩《くる》めくような絶頂感の中、食べられる幸福に酔いながら…。


ふわふわとした感覚と、じんじんした痛み。

擬音を繰り返す言葉を使うのは、子供の証拠という話があるけれど、実際、今の自分は子供以下の気分だった。

会社の会議室で、みんな自分達が二人きりだってことを知ってるのに、最後までしちゃうなんて、オトナの頭じゃ考えられるワケがない。

「おい、大丈夫か？」

と聞かれる度、『はい』と返事をしたと思う。

でも自分の声が耳の奥でくぐもって何も聞こえない。

頭に届くのは和田さんの声だけだった。

「動けるか？」

と言われた時も、返事をしたつもりだったけど、目の前にいる人は困った顔で俺を見て、頭をバリバリと掻いていた。

「まいったな…」

ふわふわする。

これが夢なのか現実なのかわからない。

もし夢だとしたら、リアルさに少し笑える。

いつもお菓子の甘い匂いを消すために持ち歩いている消臭スプレーを、俺のスーツのポケットから取り出して部屋に撒いてたり、テーブルの上にあるティッシュの箱を取り、俺の身体や床を乱暴に拭いたりしてくれるなんて。

あの和田さんが、だ。

人形みたいに服を着せられた後、肩を借りて立たされたけれど、酔っ払ったみたいに頭がふらつく。

「タクシーまで我慢しろよ」

肩を組んだ格好のまま、外へ出るんですか？

それってちょっとマズくないですか？

言いたい言葉は頭に浮かぶけれど声にはならない。

「前田」

部屋の中には入らず、戸口から声をかけると、前田さんが駆け寄ってくるのが見えた。

「はい？」

ああ、見られてる。

「俺は帰る。後はもういいな？」

「…いいですけど、彼、大丈夫ですか？」

お願い、見ないでください。もうヘロヘロなんです。いかにも『しました』って空気を漂わせてるのはわかってるんです。

「うるさいな。総務に言って、明日もウチで一日貸し出しってことにしとけ」

「和田さん、明日出社します？」

「するわけないだろう」

「ご機嫌、直ったみたいですね」

「何だよ」

「いや、本当に藤代が和田さんの特効薬なんだなぁと。ええ、俺は何にも言いませんよ、あなたを人間に戻してくれるんなら、ホモでも何でも。彼は自分から飛び込んでくるんですからね」

「当たり前だ」

二人の会話が耳を抜けてゆく。

嬉しいことを言われてるような、キワドイことを言われてるような。よくわからないけれど悪くないことだけはわかる。

「どうしても俺でなきゃダメだって時以外、電話すんなよ」

「わかってますよ。馬に蹴られたくないですからね。ただ、あなたが出てくるまで、あの会議室は閉鎖しときますから、今度全部一人で清掃して下さい」

「黙って業者に清掃させろ」

ずるずると引きずられるようにその場から離れ、エレベーターに押し込まれる。

俺、このまま帰るのかな。タクシーで送ってくれるんだろうか？

「可哀想にな…」

耳元に囁かれる言葉。

「俺なんかに捕まって」

そんなことないです。

捕まえたのは俺です。

前田さんだって言ってたじゃないですか。自分から飛び込んできてるって。その通りなんですよ。

俺が先にあなたを好きになって、自分でこの腕に飛び込んで、その牙で引き裂かれるのを待ってたんです。

それすらも言えず、俺はタクシーのドアが閉まる音を聞きながら、深い眠りに落ちていった。

しっかりと自分を抱き締めてくれる逞しい腕を感じながら…。


よく冷えた杏仁豆腐に、銀色のスプーンが沈む。

疲れた時には甘い物が欲しくなる。

だから一匙すくう白いふるふるとした塊は、口の中へ入れると独特の味わいが広がって、だるい身体に清涼感を与えてくれる気がした。

「高辻は急場の応援だ。誰でもいいから貸せと言ったら偶然回ってきただけだ」

俺の愛しいケダモノは、逞しい身体を惜しげもなく晒し、傍らでタバコを吸っている。

甘い杏仁豆腐の香りとは合わないニコチンの臭い。これが別の人間だったら、食べてる時は止めて下さいと言っただろうが、相手が和田さんだと何も言えない。

この匂いも、彼の一部だから。

「辞めた方の補充は？」

「支社の企画部から引っこ抜いた。引き継ぎが終わり次第栄転だな」

「それ、高辻さんは知らないんですね？」

「知らせる必要なんかないだろう。第一、最初っからあいつには『助っ人だ』と言ってある」

「でも社内ではその噂で持ちきりですよ。異動願いを出した人もいるとか」

「いいのがいなかったら、その中から取ったかもな。だが誰でもいいなら、俺は迷わずお前を取るよ」

「何もできないのに？」

「仕込むさ。第一、俺を使いこなせればそれだけで企画には優秀な人材だ」

寝穢《いぎたな》くタクシーの中で熟睡した俺が目覚めたのは日付の変わった明け方だった。

痛みに堪えるために、快感に溺れないようにするために、全身を緊張させていたせいか、何にもしてないのに身体がだるくて、目を開けても自分がどこにいるのかよくわからなかった。

柔らかいベッドが、憧れていた和田さんの部屋の物だということにも気づかなかった。

慌てて跳び起きた時、和田さんは隣でぐっすりと眠っていて、俺の身体を抱き寄せるともう一度寝ろと命令した。

何がどうなってるのかわからないまま、もう一度寝て、再び目覚めた時、こうして彼はみんなの憧れるエリートの顔に戻っていたというわけだ。

「俺としては本当にお前が欲しかった。藤代は何にでも一生懸命だし、細かいことに気が付くからな。一から教えてやればいい仕事をしただろう」

腹が減っただろうと差し出された甘い菓子。

「お世辞はいいですよ」

彼に手渡されたコンビニの杏仁豆腐はどんなデザートよりも美味しかった。

「世辞じゃないさ。あいつがあんなこと言わなけりゃ、絶対そうしてたんだ」

「あいつ…？」

「池内だ」

「池内…って、ウチの池内さんですか？」

俺はスプーンを咥えたまま彼を見上げた。

「ああ、あいつに呼び出されてクギを刺されたんだ」

「ひょっとしてお二人って仲がいいんですか？」

「俺が新入社員だった時、あいつが指導員だったんだよ。今は総務だがな」

「ええ…！　池内さん、企画だったんですか？」

「知らなかったのか」

「はい」

なるほど、現場バリバリだったのならあの洞察力も頷ける。

「ウチの大切な部下を自分の都合でチョロチョロ呼び出すな。横取りしたら許さないって女共に凄まれた」

女共…。

以前俺の噂を女性から聞いたようなことを言っていたけど、それって和田さんの取り巻きじゃなくて、総務の女性達のことだったんだろうか？

そういえば、こっちにその気がなくても向こうからアプローチがあったら困るからクギを刺すというようなことを彼女達が言ったのも聞いた気もする。

「俺としてはな」

思いを巡らせる俺の頭に置かれる手。

「お前をあそこへ置いておきたくないんだ」

いつの間にかタバコを消してこちらを向いた和田さんが俺の手から食べかけの杏仁豆腐を取り上げる。

口から引き抜かれたスプーンが歯に当たり、カチンと音がした。

「池内の野郎、顔を見ればお前が可愛い、可愛いばっかり言って」

「和田さん、池内さんは女性ですから、野郎は……」

「あんな海千山千な女共にかかったら、お前みたいにぼーっとしたヤツは簡単に丸め込まれるからな」

「丸めって……」

「お前もデレデレすんなよ」

「しませんよ……！」

これって、ひょっとしてヤキモチを妬いてくれてるってことなんだろうか。だとしたらちょっと嬉しい。

「和田さんだって、高辻さんからはもう食べ物貰わないで下さいよ」

だからちょっとイイ気になってそんなことを言ってしまった。それが何の引き金になるのかも知らず。

「何だ、高辻にヤキモチか？　あいつが狙ってたのは単に企画の椅子だろう」

「そんなこと、わかりませんよ。和田さんは男にも女にもモテるんですから。俺なんか、すぐに忘れられちゃうんじゃないかって、いつも心配してるんですよ」

「ほう、忘れられるのが心配か」

肩に置かれた手が、軽く俺をベッドへ押し付ける。

「じゃあ忘れられないようにしとかなきゃな」

服を脱ぎ捨ててそのままベッドに飛び込んだという感じの半裸の彼が、覆いかぶさってくる。

「あの…、和田さん?」

「何だ?」

時刻はもう朝。

窓からは陽光。

「たっぷり寝ました?」

「ああ」

『すること』は昨日『して』しまったし、危険はないと思う。

「甘い物は…」

「もう欲しくない」

でも何だか、ケダモノ・モードが解けてない気がするのは、俺の気のせいだろうか?

「言っただろう。俺が欲しいのは甘い物じゃないって」

にやりと笑う彼の顔にはまだ牙が見える。

上から覗き込む目が妖しく光る。

「これからは、呼び出しの時に甘い物を忘れてもいいぜ」

「でも…」

「その時は別の物を貰うことにした」

聞いてはいけないと思いつつ、聞いてしまう。

「な…んでしょう…?」

その問いを待っていたかのように、彼は布団の上から俺に跨がった。

重みに胸がドキドキする。

君臨するように逞しい胸を張り、唇の端を歪めてくれる一言は、予測していたけれど聞きたくなかった一言。

「お前」

伸びる大きな手。

「和田さん…っ!」

襲いかかるケダモノの牙。

「昨日あんなに食べたじゃないですか…!」

まだけだるい身体は抵抗がままならなくて、簡単に組み敷かれる。

「ディナーは時間をかけて何皿もいただくものだ」

好きな人とは一緒にいたい。

恋人と一緒の時はバラ色。

でも忘れてはいけないのだ。

「や…、ダメ…っ！」

バラにはトゲがあってことを。

「覚えとけよ、藤代。恋人同士なら、『ダメ』は極上のスパイスにしかならないって」

ケダモノには牙があるってことを…。

あとがき

皆様、初めまして、もしくはお久しぶりでございます。火崎勇です。

この度は『ケダモノのティータイム』をお手にとっていただき、ありがとうございます。

そして、イラストの依田《よりた》様、可愛いイラストありがとうございます。担当のI様、お世話になりました。


さて、このお話、いかがでしたか?

このお話を書くに当たって、色々と菓子の本を買ったのを覚えています。

けれど具体的な商品名を出すことはできず、菓子の説明をする部分もなく（和田がすぐにバリバリ食ってしまうので）、結局は何にも役に立たず、イタズラに火崎の食欲を刺激しただけでした。

いつもあとがきには書くことがなくて、『この後二人はどうなるか?』と言うのを書くことにしているのですが、今回も考えてみました。

と言っても皆様もわかってらっしゃるでしょうが、健気な藤代は和田に頭っからバリバリと食われるだけです。

仕事、仕事、でキレかかってる和田がついに休みをまとめてとった時が、彼の最後でしょう。そりゃあもう、藤代をどこかへ拉致監禁して、朝から晩までたっぷりゆっくり味わうのです。

まあもちろん愛があるので、自分の部屋なんてセコイことは言わず、素敵な隠れ宿くらいにはしてくれるでしょうが。

あ、でも藤代狙いの男が出て来て和田と戦うことになったら楽しいかも。和田はあれでかなりのヤキモチ妬きだと思うので。どんなに藤代が『あんな人相手にしません』と言っても聞かないで、戦闘モード。しかもそのイライラのはけ口は藤代に向かうので、彼はまたも可哀想なことになるでしょうが…。

ちなみに、和田がそんなに菓子を食べるのを隠すのは不思議と思われる方もいらっしゃるでしょうが、けっこうこういう人は実在します。火崎の友人にも多くいます。何故そんなことを気にするのかとも思うんですが…。

それでは、そろそろ時間となりました。

また御会いする日まで、皆様お元気で、御機嫌よう。